AQUÍ, BORYA

AQUÍ, BORYA

ALBERTO LATI

Grijalbo

Aquí, Borya

Primera edición: noviembre, 2018

D. R. © 2018, Alberto Lati

D. R. © 2018, derechos de edición mundiales en lengua castellana:
Penguin Random House Grupo Editorial, S. A. de C. V.
Blvd. Miguel de Cervantes Saavedra núm. 301, 1er piso,
colonia Granada, delegación Miguel Hidalgo, C. P. 11520,
Ciudad de México

www.megustaleer.mx

ISBN: 978-607-317-315-5

Impreso en México – *Printed in Mexico*

El papel utilizado para la impresión de este libro ha sido fabricado a partir de madera procedente
de bosques y plantaciones gestionadas con los más altos estándares ambientales, garantizando
una explotación de los recursos sostenible con el medio ambiente y beneficiosa para las personas.

Penguin
Random House
Grupo Editorial

A ustedes tres,
puente y brújula,
letras y ojos de mis viajes.

Entonces el puente, claro. ¿Cómo tender el puente, y en qué medida va a servir de algo tenderlo? La praxis intelectual (sic) de los socialismos estancados exige puente total; yo escribo y el lector lee, es decir que se da por supuesto que yo escribo y tiendo el puente a un nivel legible. ¿Y si no soy legible, viejo, si no hay lector y ergo no hay puente? Porque un puente, aunque se tenga el deseo de tenderlo y toda obra sea un puente hacia y desde algo, no es verdaderamente puente mientras los hombres no lo crucen. Un puente es un hombre cruzando un puente, che.

JULIO CORTÁZAR, *Libro de Manuel*

1

La incomodidad de no entender. El entender sin captar palabra.

Algo así debía decirle, de menos a más en la amargura del semblante, torrente de desaprobación y violencia gestual: "Fíjate en la sombra. Abre los ojos. Ese no es el efecto. ¿Adónde vas? A nadie conmueves... tú nunca vas a transmitir algo... contigo he perdido el tiempo... ¿No te enteras? ¿Te parece que esto es Renoir? ¿Quién te dijo que servías para pintar? ¡Déjalo! ¡Haces pura mierda!".

Algo así, aunque quizá otra cosa. Algo parecido, si no es que interpreté mal, que eso siempre es posible y más cuando se desconoce el idioma. Algo así, desde las instrucciones iniciales que eran recatadas, hasta las últimas tan agresivas.

El aprendiz sostenía el lápiz con su trémula mano derecha y posaba la izquierda bajo la nariz, buscando en el olor algo que lo indultara, en tanto el despiadado maestro —o mentor, o padre— no hacía nada por moderar los vocablos eslavos de reproche, que resaltaban sobre ese barullo inglés del museo que sonaba a oleaje.

El Renoir original se erigía como musa y, a mi criterio, lucía casi idéntico a la versión lograda por el niño copista, aunque a los ojos del mentor algo o todo salió mal. Los gritos me habían sacado de un largo trance, justo cuando tenía en mi campo de visión tanto el cuadro genuino como, dos metros abajo, su quebradiza réplica. Trance a ritmo de pasos mojados sobre un piso de madera que, ahora lo pienso, increíblemente no se ensuciaba. Trance melancólico y depresivo al que me trasladaba la exhibición, pero al que ya me había orillado, por mucho que me resistiera a admitirlo, mi frustrada carrera como novelista.

Era la penúltima sala de la National Gallery. Se exponía la colección de Paul Durand-Ruel, el hombre que, según clamaba la publicidad en la fachada sobre Trafalgar Square, vendió mil Monets y puso al impresionismo en el mapa. Eran larguísimas las filas para recoger los boletos forzosamente comprados de antemano y resultaba necesario formarse unos minutos para dejar paraguas y gabardinas en el sitio correspondiente. El museo, con sus techos no muy altos y arqueados, estaba tan húmedo como atestado, limitando a los visitantes a un máximo de veinte o treinta segundos ante cada cuadro (exactamente lo que duraba la explicación de la mayoría de las obras en las multilingües audio guías, sin dar pauta a mi vieja manía de escuchar los comentarios en dos idiomas y comparar sus palabras).

Estaba en Londres, en uno de esos viajes de cuatro días que esporádicamente organizaba para dotar de ideas a mi literatura, al tiempo que buscaba temáticas atractivas para vender textos a alguna revista (lo segundo sucedía mucho más que lo primero, cosa que, muy por las malas, estaba a unas horas de admitir). Procuraba ir en los períodos más lluviosos del año, poniendo mis intentos de renglones en manos de la tormenta, de su sonido, de su olor, de su encharcado eco, de su alborotado río. Para modelar un fracaso, todo cliché es bueno: soledad, lluvia y letras. Y para soledad y lluvia, ningún cliché como Londres.

A la última sala de la exposición se accedía por un ángulo muy forzado, justo después de ver una recreación de cómo fue la casa parisina de Ruel, plagada de impresionismo, y tras superar un embudo de personas brotando desde tres direcciones hacia un espacio demasiado apretado; para colmo, con tapicería en color fucsia y con un imperceptible banco al centro que ya acumulaba una buena colección de rodillas moreteadas.

Degas, Pissarro, Sisley, Manet: sin duda este visionario había delineado el rumbo de la pintura o, como clamaba el *The Guardian* que hojeé esa mañana tomando un café a un par de kilómetros en Aldwych, había inventado la industria del arte moderno. Delinear el futuro de la pintura, reinventar su industria, anticipar su tendencia y destino, decidir lo que tendrá valor, imponer el nuevo canon: sueño de románticos y mercenarios, de aficionados y profesionales, de expertos y oportunistas. Eso debatía en mi mente justo cuando volví a encontrarme con el niño y su mentor.

A quienes nos apocamos o estremecemos con cualquier mirada de un extraño, los personajes a quienes tiene sin cuidado armar un numerito en lugar público nos generan escalofríos. Así era precisamente el maestro de pintura, cuyas reprimendas continuaban, elevando su violencia. Los visitantes, sorprendidos y espantados, perdían la tentación de observar los cuadros cercanos a ese griterío, incluido un paisaje de Pissarro con el Charing Cross Bridge, tan próximo a esa National Gallery, cubierto de bruma más de un siglo atrás.

Sacados de foco por los bramidos, casi todos pasaban de largo. Yo, sin embargo, intenté quedarme junto al niño copista, aunque segundos más tarde (los veinte o treinta de rigor) tuve que continuar a carambolas y trompicones hacia la salida de la pinacoteca.

Me emboscaban por los cuatro flancos. Primero unos estudiantes italianos, urgidos de palomear en su guía los cuadros faltantes (supongo que si se perdieron el puente de Pissarro, decidieron no perderse más obras por mi inmovilidad). Después me pisaron dos jóvenes de barbas desordenadas, en su búsqueda de ángulo para la mejor autofoto. El colofón que me hizo terminar de salir fue un veterano vigilante, suspicaz de mi caminar con el rostro hacia atrás (ahora que lo recuerdo, ese fue el último día en que logré girar la cabeza sin dolor en el cuello o sin tener que mover la espalda).

Como sea, pese a tener que alejarme, no podía despegar ojo del afligido copista, de la fragilidad de sus facciones, de su pequeñez y dolorosa palidez; sus copias, que me atraparon en un principio, perdían toda relevancia: la obra eran él y su frustración, él y su castigo, él y su humillación. Un pintor que quizá ya no sería, y yo, rodeado de tantísimas obras cumbre, testigo involuntario del desplome. Puede ser que antes el muchacho me haya dirigido una mueca de súplica, que descubriera en mí a un posible apoyo, una fuente de compasión; puede ser que eso me lo quiera figurar ahora.

El asunto es que los crecientes murmullos de indignación le eran indiferentes al mentor: empapado en una mezcla de sudor y lluvia, inmerso en su agudo berrinche, incrementaba decibeles y, con los dedos apuntados al frente, parecía enlistar: "mal el contraste, mal el trazo, mal la proporción, mal la ejecución, mal día para pintar, mal tino para elegirte". Su boca estaba trabada en una rara trompa (horas después me descubriría intentando imitarla), el grasoso cabello le rebotaba en la frente y su abrigo despedía un olor a vieja mezcla de alcohol y tabaco. No le importaba traspasar la línea que indicaba en el piso el límite desde el cual podía ver el cuadro (busqué al vigilante que me había reconvenido cuando caminaba con el rostro girado y que, sin embargo, dejaba hacer al tirano, limitándose a arquear las cejas).

El aprendiz, consciente de que ya ningún trazo triunfaría, se disculpaba y agradecía… o eso me pareció desde mi perspectiva, a unos ocho metros, dos escalones arriba, recargado sobre la puerta de vidrio de la tienda de suvenires.

Quizá me lo imaginé, quizá me lo he inventado, tampoco es que haya sucedido ayer, pero junto con algunas mansas reverencias lo escuché dar las gracias al tirano. ¿*Spasiva, dakuyem, hvala, dziekuje*? El idioma era lo de menos, si es que el presunto eslavo no era falso eslavo y todo se desarrollaba en otra lengua, qué más da. Lo relevante es que el copista parecía jugárselo todo, como Ruel en otra época, y que lo hacía en el peor de los escenarios, en un museo atiborrado porque la exposición pronto sería retirada.

Sin que el opresivo mentor lo notara, Rodión (con ese nombre pudo ser que se refiriera al acongojado niño) juntaba las manos tras la espalda y apretaba índice y pulgar derechos. Un segundo, dos, tres, cuatro segundos, hasta modificar el color de la cutícula, aliviar el daño, mitigar la huella de la batalla, mientras se desplazaba sometido a otra humillante perorata, golpeteándole la frente los dedos del mentor, que disfrutaba del choque de sus yemas con el cráneo y del hueco sonido generado.

Sin saber qué hacer o cómo ayudar, junté los dedos índice y medio como el mentor, incluso los reboté sonoramente contra mi papada; relacioné ese movimiento con uno acaso de Robert De Niro en alguna película, aunque más bien parecía propio de un pediatra o de un curandero.

En la cara de Rodión vi la incertidumbre del que no sabe lo que es no saber; incertidumbre común sólo en quien siempre ha creído, en quien la vida aún no ha acostumbrado a que algo no es posible, en quien ve desmoronarse el único sendero que jamás delineó. La infancia termina muchas veces, pero esa puede ser la última: ¿el fin de la inocencia es el inicio de la culpabilidad?, me pregunté pensando si podía utilizar esa reflexión para la novela en la que había estado trabajando la madrugada anterior, mientras que me sorprendía apretándome pulgar e índice y percibiendo un inesperado alivio en la cutícula.

Con su espiral a medio salir, ahí estaba un cuaderno de copias amplio pero insatisfactorio, una carrera joven y tan pronto truncada, puro camino sin destino, precoz para el inicio y más para el retiro.

Rodión entró concentrado al cuadro final, sin siquiera reparar en que los barbados obstruían el camino eligiendo filtros y retoques para sus fotos; mucho más atento a las miradas de lástima de cuantos deambulaban a su alrededor: peor que la humillación, sólo la vergüenza.

Monet tendría el veredicto. Con ceño fruncido, lengua repasando el labio inferior, ojos entrecerrados, alguna lágrima fugitiva y el dedo descarapelado, atacó el papel.

En mi ignorancia, lo vi hacerlo espléndidamente o eso quise concluir, como si el niño Mozart pudiera joder su partitura y el mundo no fuera a permitirlo. Trazaba y volaba, se regodeaba en la hoja, elevaba una melodía con el lápiz como violín. Su Monet iba perfecto, mejor que el Renoir que le antecedió, hasta que su mirada chocó con la del despótico juez y empezó a perder fluidez, firmeza, seguridad. Un grupo de japoneses se aproximó y efectuó una serie de exclamaciones en perfecta coordinación: aaaaah, oooooh, mmmmmh, como en un partido de tenis en el que está prohibido hacer ruido a medio punto, pero no es posible controlar las emociones.

El semblante de Rodión se contorsionó, la mano izquierda regresó a la nariz, ya sin hallar efluvios de salvación, la barbilla le tembló a sabiendas de que ya no había remedio. El niño prodigio probaba no ser tal y la grada le hería primero con unos bisbiseos y luego con un aplauso —incluso creo que una señora japonesa, con tapabocas, se inclinó ceremonialmente ante él.

Su hoja, evidencia de la transgresión, moría apretada en el puño del mentor. Acaso me equivoco, que soy de memoria selectiva y tampoco recuerdo haberlo visto, pero estoy en condiciones de asegurar que el maestro rio; triunfal y sardónicamente, rio.

No soy Rodión, pero pude serlo.

No soy Rodión y ni siquiera sé si él lo era.

No soy Rodión, pero acaso lo seré.

2

Un mensaje en el teléfono. Mescolanza de idiomas. Se equivocó al pensar que la voz estaba entrecortada por mera distorsión o mala recepción; desgarradora y lenta, de tan suplicante violenta, de origen era así:

Tengo el dinero listo. Atiende. A veces... últimamente, o desde hace... quiero llorar por todo. Yo... Yo no lo sé... ... ... Quizá si te pagara. ¿Lo entiendes? Es igual. Todo. Todo igual. Tú... A cobrar tu argenta. Aquí, Faisal.

3

Peor que la humillación, sólo la vergüenza, que es humillación dos veces, ataque a trescientos sesenta grados, degradación a ida y vuelta: primero por lo que se nos ha hecho pasar, sufrir, experimentar; segundo, por asumirnos vistos bajo tal condición. Nunca sabremos qué es lo que dolió: la caída o los ojos que nos contemplaron cayendo. A mirada más compasiva y comprensiva, mayor dolor; a mirada más despiadada, también: lástima y sadismo pueden ser armas igual de filosas, aunque no tan lacerantes como esa tercera vía que es la apatía. Igual, todo duele y dolerá. Igual, nadie nos salva ni salvará.

El asunto es que observados, supuramos más. Quizá por eso desde tiempos inmemoriales hemos llenado coliseos, anfiteatros, estadios, y con sus multitudes buscado ángulos al dolor ajeno, que la nota siempre está con el perdedor, que los invictos aburren, que miente quien dijo que acudía para ser testigo de la gloria; esa, sólo la deseamos para nosotros mismos y sólo la compartimos o cedemos en nuestra peor pesadilla.

A lo que voy es a que puestos a elegir, la soledad garantiza un sufrimiento más llevadero, ausencia de testigos, sensación de que nadie más contempló el desierto (o la jungla, o el lodazal, o el vacío) que se nos hizo atravesar, a donde por buenas o malas nos metimos y atascamos.

Otra cosa distinta, y perdón que me desvíe, es que la soledad también impide esa variante de la humillación que es la interrupción. Interrumpe quien está convencido de que lo suyo vale más que lo nuestro. Evitarla significa mucho en tiempos en los que no hilamos cuatro palabras en la cabeza.

Difícil ordenar pensamientos, imposible convertirlos en enunciados, cuando la interrupción es una norma. Y entre interrupciones vivimos, y a las interrupciones culpamos, y por las interrupciones perdimos, y en esas interrupciones nos extraviamos. Y una vez solos, cuando todo parece resuelto, la auto interrupción resulta más venenosa. Pobres ermitaños: ir tan lejos para enterarse de que Sartre se quedó corto, de que el infierno no son los otros; que el infierno comienza y termina aquí en la cabeza, que el infierno vive en cada uno.

Tampoco resulta fácil reflexionar cuando eres a la vez perseguido por desconocidos y perseguidor de lo desconocido, pero lo que quiero decir es que si un libro se termina de escribir cuando algún ajeno lo lee, la madre de las interrupciones emergió cuando alguien rechazó por primera vez cierta lectura, cuando se atrevió a dejar el texto inacabado, cuando no quiso hacer su parte y complementar la obra, cuando dinamitó ese puente: fue más fácil esbozar ojos de compasión que de lector; a veces la caída y quien nos empuja a ella, son lo mismo, son el mismo.

Peor que la humillación, sólo la vergüenza.

¿Qué persigo? De la antología y de los libros vírgenes ya hablaré, si no es que ya lo he hecho, que de tanto empacar y desempacar, mis folios se entremezclan, que de tanto repasar y recordar, mis recuerdos se entreveran. ¿Quién me persigue? Por primera vez, no puedo desdecir a mi paranoia: la gloria pop como carnada para quien, como yo, ni remotamente cerca estuvo de la gloria literaria.

Al tiempo, viajo por Rodión. Viajo en su defensa.

4

La segunda vez tampoco alcanzó a contestar para decir que se trataba de un error, que ese teléfono de prepago lo había encontrado semanas antes en una obscura playa del sur de Inglaterra, que en ese preciso momento le vendría de maravilla algo de efectivo pero que con él no existía deuda, que le dejara de jorobar. Timbró una sola vez. Luego, el mensaje mucho más amplio que el anterior, también más reflexivo y por momentos imperativo. Esa voz de difícil comprensión, que saltaba sin espacio de inglés a francés y español, drenaba, aspiraba la energía de quien lo oyera, y él de por sí tenía (tiene, a como esto pinta, tendrá) muy poca. Los silencios eran abundantes y se llenaban de una cargada respiración.

Me pesa. Voy a pagarte. Soy... soy muy... estoy muy... muy cansado... Yo... No sé cuánto tiempo tengo. Atiende. Ayer soñé con una mujer tapada por un burka. Su camisa decía *"Tomboy is the new black"*. Caminaba hacia mí. De frente hacia mí. Me hacía señas y venía hacia mí. Fingí que no la veía, yo quería desviarme... y era muy doloroso porque... porque venía hacia mí... y porque yo... no me movía... la esperaba. Sabía quién estaba detrás del burka, lo supe al momento... ¡Atiende! Pero desde que desperté no me lo recuerdo. No entiendo. ¿Tú sabes qué es

tomboy? ¿*Tomboy asud*? Yo no quiero dormir. Escucha... y...
¿Has querido llorar por todo? ¿Resistes? ¿Lloras? Y eso
duele. Queda poco. Y quizá me queda poco. O tal vez no
me queda nada. ¿A ti? Llámame... llámame de vuelta... a
mi teléfono. El de siempre. El de antes. Deja que te pague.
Eso y terminamos. La última volon-té, volun-tad, volun-
tad. Sí, voluntad. Un buen final para una mala histuaria...
historia, digo yo. ¿Me dejarías morir así? Aquí, Faisal.

5

"Yo era Jessy Aguirre… Pero el *third*, porque hubo un Jessy Aguirre *Senior*, otro *Junior* y luego ese que era yo…", relataba Absalón con tono jocoso mientras cruzábamos un interminable desierto e intentaba ordenar mi cabeza en esa carretera. "Pero más importante que ser el tercero, era pronunciarlo *Aguayer*… Jessy Aguayer. Segurito, clavado a los ojos. Ya luego fui Goriot Ángel (en inglés, *Gou-raiot Einyel*), Artemio Jefferson, Raven Archimboldi y no sé cuántos nombres más que costaban de a dos mil *dollars*. Me aprendí dónde estudió cada uno, número de *Social Security*, en qué hospital nacieron y todavía te puedo decir…".

El discurso fue interrumpido por la sirena de una patrulla fronteriza. Con la experiencia que da haber sido deportado tres veces, pero haber burlado la deportación al menos otras veinte, Absalón se identificó como Fileas Menard, lo que resultó mucho más convincente para el agente que lo que yo tenía que decir: que iba a un lugar de Arizona a desenterrar un libro. ¿Qué libro? Uno jamás leído.

Ya habían sido muchos kilómetros de aleccionamiento de Absalón-Jessy-Goriot-Artemio-Raven-Fileas: "Mejor dile que vendes hierba, que traficas riñones o que eres talibán, pero no chingues… Esa historia está peor que la de mi compadre que cruzó en Juárez con pasaporte ruso… Desde entonces le decimos el Rodión Románovich, que era su nombre comprado… ¡Quién le iba a creer al pinche Genaro!".

Poner cara de turista me fue fácil, sobre todo al enseñar mi inofensiva cámara de fotos, y el policía se tragó aquello de que iba a Columbus para conocer el sitio atacado por Pancho Villa en 1916, aunque, al no haber escuchado ni de la existencia de Villa ni de un ataque a Estados Unidos que no fuera el de las Torres Gemelas, tomó agobiadas notas y pasó reporte de que un Pancho planeaba atacar a su patria. Pronto retomamos camino por la avenida Porfirio Díaz, perdiéndonos en la aridez y en los mil nombres de Absalón que al inicio de la caída del sol se ponía solemne y admitía ser en realidad Dante.

La recta parecía interminable y daba tentación rebasar la velocidad límite, generosa para el resto de Estados Unidos, de setenta y cinco millas por horas. Apenas vimos coches en cualquier dirección, anunciados desde lejos por la polvareda que les precedía. El pesado sol hacía muy molestas las manchas de insectos muertos apiñadas contra el parabrisas. Me preocupaba llegar con al menos media hora de luz, pero Jessy me tranquilizaba: "si no se nos poncha una llanta o nos cacha la migra, tú no tienes que preocupar".

Y no mintió, pero el problema surgió una vez que llegamos a la dirección acordada. Cavé varios metros a la redonda y no encontré nada; rabiosamente removí piedras y desenterré un cactus; en mi torpeza rompí la pala y dejé media uña; cotejé con otro mapa y giré grotescamente cual brújula, con la espalda, porque tenía engarrotado el cuello; caí en súbita euforia cuando sentí rascar la carátula de un tomo de pasta dura, sólo para cotejar que se trataba de un lagarto. Nada. Ninguna página del presuntamente jamás leído *Adentro del sol* que me habían ofrecido. Ni siquiera hubo explicación en la asfixiante tortillería vecina, donde recité la contraseña convenida para cualquier eventualidad. "Hojas sin ojos", murmuré, y al hacerlo ya sabía que me veía ridículo. "Hojas sin ojos", cuna de este desastre, origen de esta humillación.

Mi antología seguía trabada en el primer renglón y ex Jessy Aguirre, con esa capacidad para consolar que tienen quienes más han sufrido, me animaba entre taco de aire y taco de aire. El nombre es lo de menos. Lo demás, también.

6

Le hubiera bastado con contestar y sacarlo de su error. El intento de antología, los misterios del pasado y tanto escondite le pesaban lo suficiente como para, encima, cargar con deudas y confusiones ajenas. Una somera explicación al tal Faisal: "si usted conoce al propietario de este teléfono, avísele que yo lo tengo y estaré feliz de devolverlo". Por ello conectó el celular a una pequeña bocina. La siguiente vez que timbrara, lo agarraría a la primera. Así sucedió un par de días después, pero esta vez Faisal habló en árabe, aparentemente borracho, fumado o desquiciado, sin escuchar palabra de lo que desde el otro lado se le contestaba. Antes de que integrara más idiomas al collage e invocara en repetidas veces a Allah, Faisal clamó privado en llanto.

He pensado en algo: todo sería tan perfecto en un mundo sin humanos. ¿Crees que alguien, algún... ya haya dicho eso? ¿Alguien inteligente? ¿Alguien con barba? Imagínalo tú... Pero... atiende... atiende... atiende... te quiero pagar. Atiende... Yo te quiero pagar. ¡Pagar! Y yo... Yo te pago. Tú cobras. Tú ganas. Como siempre quisiste, como decías de niño... Tú... Con intereses. O sin intereses. Pagar, hermano mío, pagar. ¡Atiende! El mundo sin humanos. ¿Quién habrá dicho eso? ¿O el mundo sin personas? ¡Atiende! ¿Sabrás en qué idioma lo habrá dicho? ¿Sí? ¿Los grecos dicen cosas así? ¿Aunque ya no tengan dinero dicen cosas así? Lo que...... Sin humanos......... Y confundimos. Confundimos. Confundimos. Tú lo decías: confundimos performance con poesía. *Fe Sahetek!* Aquí, Faisal.

7

Otra vez despertar entre sudores. Otra vez buscar con ojos a medio abrir algo que refute la reiterada pesadilla. Otra vez perseguido por los mismos fantasmas. Otra vez, también, descubrir que la realidad no es mucho mejor que la paranoia del mal sueño, que la persecución reanuda puntual a cada dormir y a cada despertar, que la caída ficticia es verdadera en la vigilia.

Cuando niño, mi padre me decía que las pesadillas son maravillosas porque con un simple abrir de ojos todo el mal queda atrás, que son magia, que tienen su cuota de milagrera fantasía, que ya quisiéramos remediar cualquier problema simplemente despertando, borrar el mal despegando los ojos. Sí, a menos que despiertes a esto.

Esta antología empezó cuando la literatura, como a Borya (sí, creo que se lee mejor con ye que con i), me dijo que no. Conseguí sin mayor problema el nombre del primer libro jamás leído, el inicio de la antología, precisamente porque lo escribí yo y poseía la certeza de su nula lectura: esa novela total y universal, tan ambiciosa y lograda pero tan unánimemente rechazada, mi anhelado debut y obligado retiro, como creo que le sucedió a Rodión.

Omitiré aquí el nombre de mi libro, que suficientes problemas tengo ahora para añadir entradas a este listado y de pronto sobran curiosos que sólo por molestar me quieren leer; puesto a elegir en mi debacle literaria, prefiero ningún lector que un par de ociosos morbosos, que ven en mi a un oso panda o a un koala. Breve precisión: si es que Borya vive o ha vivido, él sería el uno, yo el dos, y así sucesivamente (el tres tenía que haber sido *Adentro del sol*, pero ya se sabe en qué quedó). ¿Por qué le cedo el uno a Borya? Porque su caso me convenció del mío, porque su fiasco me sacó de la negación, porque su obscuridad me iluminó.

Los parámetros de inclusión para la antología fueron difíciles de fijar y a la fecha son flexibles y discutibles, pero si esto cayera en manos de alguien, dejo claro que no busco ni acepto sugerencias y que, llegado a este punto, contradecirme me es incluso natural.

Debatí: ¿Qué libro puede considerarse jamás leído? ¿Cómo comprobar su —valga la expresión— virginidad? ¿Cuenta el agente literario que medio lo ojeó y botó?, ¿cuenta algún familiar que, tras toquetear tres páginas, recomendó al escritor un urgente cambio de oficio?, ¿cuenta cualquier compañero laboral que por accidente se lo topó en alguna página arrumbada en la impresora o una pantalla abierta? Y luego, la estructura de la antología: ¿transcribir completos los libros sin lector?, ¿colocar un resumen?, ¿limitarse a enlistarlos con su ficha bibliográfica? ¿Y qué con los libros malinterpretados o mal leídos, descontextualizados o falseados? Con estos últimos alcanzaríamos en tamaño a la enciclopedia de Danilo Kiš, pero nadie dudará de que en esos casos el puente cae incluso con mayor devastación. *Los testamentos traicionados* creo que les ha llamado Milan Kundera, aunque supongo que lo mismo traiciona el que distorsiona que el que ignora.

Más difícil aún que las pautas para delimitar esta antología, admitir que mi crisis nunca fue ante la página en blanco, sino ante los ojos en negro. Tenía muchas cosas que decir y por caracteres tecleados no iba a parar; el problema fue que hubiera quien las quisiera leer u oír. Insospechado cambio de orden, síndrome de nuestros días: antes eran más los receptores, hoy crecen exponencialmente los emisores, la verborragia nos llevó a la sordera.

Así que yo no tengo un agente literario presionándome para que apure un manuscrito ni la vanidad de sentir que alguien necesita mis palabras, ni un nivel de expectativa sosteniéndome y torturándome, mucho menos la necesidad de regalías o ingresos por venta de ejemplares (los lujos me remuerden, creo que dijo Einstein). Autor publicado, sí y a cuenta propia. Autor leído, no, ni por el padre que, sin duda, hubiera fracasado en su afán de convertir la peor de mis vivencias en milagrosa pesadilla. ¿Viajar a Londres por ideas, inspirarme en lluvias y ríos, contemplar para crear? Como Borya, hace mucho deje de creerme esas patrañas.

Desechemos aquellos tópicos de que debes de escribir nada más para ti mismo, que basta con que te satisfaga el párrafo para que sea bueno, que somos nuestros propios jueces. Mierda y más mierda, qué esperar cuando la escatología ya también es eufemismo.

Y esta antología que me ha llevado de rincón en rincón. Los cronistas viajan para contar, para narrar historias, para convertir lugares en letras; yo para defender lo que se contó y no se escuchó, para restablecer el orden del proceso comunicativo, para sostener el puente, para recabar libros unificados por una indiscutible castidad. También, para atenuar (o vengar) mi humillación, al tiempo que burlo a quienes no conformes con acecharme y perseguirme, incluso me envían inesperados emisarios, me confrontan, me quieren seducir.

Durante muchos momentos del viaje, que aún no termina, me sentí como si viajara con Vila-Matas para el funeral de la era Gutenberg, armado de su Dublinesca, "Los escritores fallan a los lectores, pero también ocurre al revés y los lectores les fallan a los escritores cuando sólo buscan en éstos la confirmación de que el mundo es como lo ven ellos".

La colección de libros vírgenes como proyecto de vida. Aquél que no existió en el desierto estadounidense, pese al apoyo de Raven-Menard-Archimboldi, o como sea que se llamara el después desaparecido Absalón; aquél que perseguí por mucho tiempo sólo para enterarme, justo cuando ya lo acariciaba con mis ansiosas manos, que había sido leído a escondidas por una secta o cofradía en un cerro de Valparaíso; aquella estafa tailandesa que fue escrita en una noche e impresa al siguiente día, para serme vendida en su completo tiraje; aquél de presencia etérea, especie de dios monoteísta, al cual todos se referían con fe y convicción en varios sitios de Europa, mas nadie habiéndolo visto; aquél que detonó el proyecto y me hizo atravesar cada ex república soviética, buscando por única vez más al autor, Borya, que a su creación; aquél que servía para calzar una mesa coja en una aldea analfabeta, bitácora de viaje del misionero que siglos atrás llegó y pronto murió; aquél que, convertido en trapo, sirvió de venganza contra un delator; aquél prohibido por temor a que contradijera a la tradición oral y desevangelizara o reevangelizara lo que ya estaba evangelizado; aquél y aquéllos que recién habían sido impresos cuando la guerra o la tragedia, cuando la barbarie o el infortunio, cuando el desastre por fuego o agua, se llevó a todos quienes lo leerían; aquél y aquéllos que, por una razón u otra, desaparecieron sin ser tocados sus renglones por ojo ajeno al del autor. Todos los libros leídos se parecen unos a otros, pero los no leídos lo son cada uno a su manera.

Viajé en defensa de Rodión, el que creí que fui. Viajo por Borya, en quien creo que me convertí.

8

Sus dudas son inevitables: ¿y si Faisal pertenece a quienes le persiguen? ¿Y si le ha timado con sus ruegos para lograr ubicarlo? ¿Y si el teléfono que levantó de la arena no estaba extraviado sino estratégicamente sembrado a unos metros de donde despertó? ¿Y si le han rastreado y ya van por él? Se lacera: iluso e inepto se dejó atrapar por sus mensajes, por su desgarradora mezcla de idiomas, por sus orgullosos afanes de saldar una deuda. Así de sencillo se somete a un solitario, piensa negando con la cabeza, decepcionado de sí mismo. No hizo falta más truco que tocar su abandono, que explotar su urgencia de escuchar, que abusar de su necesidad de sentirse considerado y así dejarle constatar que todavía existe. Ahí se tropezó. No habían podido con esa oferta de una gloria literaria que ya no le interesaba, ni con una admiración en la que ya no podía creer. Tampoco lograron que corriera a cobrar las impostadas perlas ofrecidas por Faisal, justo cuando estaba empobrecido, narcotizado y con sus fondos bloqueados. Ni la fama ni el dinero, su debilidad fue su aislamiento: para infierno, basta uno mismo. Al tiempo, vuelve a la carga con palabras a las que ya no sabe qué sentido conceder.

Están pasando cosas. Has de pensar que porque te fuiste ya nada pasa ni pasará, que todo ha de quedarse igual, el viaje del que se va no es la pausa del que se queda. ¡Atiende! El que se va cree que se lleva el presente, como si lo dejara congelado… Y no, no, no, no… ya nada es igual. Nunca es… Tu confortabilidad…Tu maldita confortabilidad de haber escapado. Justo a tiempo escapado. Escapaste. Me dejaste con todo. Contra todo. Con todo. Atiende. Me dejaste tan solo y tan, tan, tan…. Con tan todo… ¡Atiende! Todos nos fatigamos. En algún momento nos fatigamos. Quienes imploraron demasiado, un día dejan de implorar. Quienes se endurecieron escuchando ruegos, un día ruegan para recuperarlos. Eso puede suceder. No hoy. No, no, no. ¡No! No hoy. Yo no sé cuándo. No hoy. Escucha a mí. ¡Por favor no cuelgues! Saber que me escuchas de nuevo, me hizo empezar a sanar. Tu falta de respuesta… saber que esto no va a nada… Yo no lo sé. ¿Recuerdas cuando…? Ese día, tendrías ocho años y entonces yo diez… Y Tío nos enseñaba a… Éramos tan… Creíamos tanto que… ¡Atiende! ¿Te pago? *S'il te plaît.* ¿O debo decir ya, *s'il vous plaît*? Tanto tiempo mata al… ¿tuteo decimos?… Aquí, Faisal.

9

El viaje empezó ahí. Y, como todo viaje, empezó con su inevitable cuota de obligación. Y, como todo viaje, por búsqueda y escapatoria. No hay viajero voluntario: todo quien se va lo hace porque le falta algo, porque no está completo, porque tras mucho o poco sopesar ha preferido la amenaza del camino y el cambio al riesgo de la inmovilidad. Riesgo existencial como el mío, riesgo físico como, tal parece, el del hermano, pariente, amigo, supuesto interlocutor, de quien sea que me llama.

Tras la escena del museo, me encontré con el posible Rodión en la ribera norte del Támesis. Al verlo sacarse una foto ante la Aguja de Cleopatra en el Victoria Embankment, quise acercarme bajo cualquier pretexto y me inventé un discurso sobre los tres mil quinientos años de antigüedad de la pieza, sobre que pasó arrumbada unos setenta años porque los ingleses (limosneros y con garrote) no aceptaban pagar su transportación, sobre lo cerca que estuvo de desaparecer en un bombardeo de la Primera Guerra Mundial. Dando por hecho que me entendería, tejí en mi mente el discurso en inglés, pero evidentemente no llegué a decirlo: la no-decisión, bien se sabe, es la que suele decidir en esos y en todos los demás trances.

Rodión caminaba detrás de una bella mujer en cuyo rostro busqué los rasgos del niño; ejercicio ventajista en el que uno encuentra lo que desea, ahí creí hallar la fina nariz, la prominencia de pómulos, el labio superior alzado, la desvalida palidez, los cambiantes colores de ojos del aprendiz de pintura; también, los hábitos de sujetarse las manos tras la espalda y olfatearse el dedo índice izquierdo, tan reiterados horas antes.

Las imágenes pasan de prisa ante nuestra mirada y nada más arbitrario que la memoria. Quizá no guardaban parentesco alguno y he deformado el recuerdo de Rodión, haciéndolo parecido a su presunta madre; quizá, a la inversa, a quien he adaptado en mis recuerdos es a la mujer. De hecho, podría ser que ella resultara demasiado joven para haberlo engendrado y, puesto a ser sincero, tampoco fueron más de veinte los segundos en que pude verlos de frente. Para colmo, en cierto momento también me pareció que lo que hablaban era italiano (o esa trampa eslava, melódicamente mediterránea, que es el croata). El asunto es que en algún instante del recorrido dudé seriamente que se tratara de Rodión, aunque era él. Como fisgón soy tímido y por ende malo, así que me alejé al menos cien metros.

Fue un par de puentes después cuando vi escrito en una banca: "Vas derramando una lágrima por cada etapa. Vas derramándola por cada instante, por cada lugar". ¿En español? Creo que sí, tampoco es que haga demasiada diferencia el idioma, pero esas casualidades en tierras ajenas se agradecen. Lo relevante es que entendí lo leído y que ahora lo puedo transcribir porque en su momento lo anoté al reverso del recibo del café comprado horas antes; papeles, papeles, papeles que acumulaba tomando notas para la segunda novela que ese día moriría sin nacer.

Como si la frase me hubiera revelado una clave, aunque a la fecha no sé cuál, giré hacia donde se alejaban y grité "¡Rodión!". Con una mirada suplicante, la mujer me pidió que no lo hiciera. Haberlos identificado les era por demás inoportuno, les generaba incomodidad, les afectaba. El fastidio, el afán de ignorarme, el disimulo, la obligó a torcer con brusquedad su cuerpo, buscar los ojos del niño y, sin quererlo, ceñir el vestido a su figura (no, no era una niña; sí, tenía suficientes años para ser su madre). Al subir al puente Waterloo, ya con inocultable prisa, el tirano esperaba con los brazos abiertos, pero no para abrazarles. Amenazante, lo vi exigir explicaciones, acaso sobre mi persona y mi impertinente grito. Que si yo era su amante, que si Rodión era en realidad hijo mío y él llevaba tanto tiempo engañado, que si yo retomaría su capacitación como artista, que si los dos serían castigados, cualquier cosa pudo decir, debo repetir, nada entendí. Sí entendí que la carga de violencia resultaba mayor que la del museo.

Siempre pensé, y ese día saldría de mi error, que puestos a recibir una agresión física, el coscorrón es una de las menos graves. El cruel maestro de pintura iba de la cabeza de uno a la del otro con sorprendente agilidad, convirtiéndolos en un estoico bongó. Era hora de máximo tránsito. Por el puente cruzaban multitudes ignorantes de cómo reaccionar ante tal violencia más allá de inglesamente subir las cejas y balbucear palabras inaudibles; todos tenían demasiada prisa como para frenar semejante descarga y, menos aún, con la lluvia que intensificaba y los paraguas que enredaban sus picos. Con un nivel de rabia anormal, con una ira histriónica, con gritos que abrían a su alrededor un círculo por el que nadie se animaba a pasar, rompió en minúsculos pedazos cada hoja de la libreta de Rodión y los lanzó al río; lo mismo hizo con el paraguas, ya de por sí desvencijado por el viento, que sostenía la mujer.

Sí, peor que la humillación, sólo la vergüenza.

Yo, y nadie más, era el único responsable. Yo los condené. Yo supe desde el primer momento a lo que los había expuesto y, sin embargo, no tuve agallas para ayudarles. Me escabullí, me oculté, me escapé, concediéndole la verdad al infame mentor y acaso llegando a creerla. ¿Cuál verdad? ¿La de la paternidad de Rodión? ¿La del adulterio con su madre que antes pensé niña? ¿La de la necesidad de corregir, por buenas o por malas, a quien se instruye en un arte? ¿La del patriarca con derecho plenipotenciario para elegir cómo tratar a quienes viven en su casa o —nunca mejor dicho— bajo su yugo? ¿La que, por mucho que intenté, no comprendí?

En ese momento me regresó a la mente algo que estaba pensando por la mañana, cuando me entretenía enumerando en orden las estaciones de una línea de metro londinense. Por lo visto al subir al vagón interrumpí esa tontera y, en el peor momento, mi cabeza me la devolvía, como si debiera cumplir con una asignatura escolar o no tuviera más sofisticado manual de autodefensa. En vez de ayudar o asumir mi innegable responsabilidad, me avergoncé al descubrirme musicalizando la explosiva secuencia con una frase de Radiohead: *This is what you get, when you mess with us*. Tanto quise auxiliar a Rodión en el museo y ahora que yo mismo lo había metido en un enredo, me escondía.

Sin entender cómo, volví a la banca, al pie del puente, que hablaba de las lágrimas (sí, era en español). Me detuve ante una puerta que me reflejaba y ahora busqué en mí los rasgos de Rodión. Era ridículo, el colmo del absurdo, la insensatez más irracional, no teníamos nada que ver, pero hurgué en mí algo del aprendiz, al tiempo que un barco por el Támesis me aislaba del escándalo montado en el puente y clavaba abajo la mirada tratando de dilucidar el rumbo del caudal.

El guardia del edificio en cuya puerta me reflejé, abrió más prevenido que extrañado, como si me esperara, como si me entendiera, como si formara parte… ya no sé ni qué pensar, ya no sé ni cómo pensar sin sospechar. Sin darle explicación, o no alguna que recuerde, me envalentoné y corrí de regreso. Para cuando volví a subir, ya no había rastro de la tortuosa familia y quienes ahora caminaban ninguna idea tenían de la escena que recién se había montado: Londres y su capacidad para borrar lo sucedido un minuto antes, duna que ve desaparecer toda huella de pisadas al primer viento, metáfora de nuestra insignificancia en el tiempo.

Un pedazo de papel de la libreta de Rodión volaba hacia la Catedral de St. Paul's, cúpula que se doraba con un rayo de sol clandestino en plena lluvia. Con no poco esfuerzo y pena por mi torpeza —cada que estaba por alcanzarlo, el viento me la alejaba— lo rescaté bajo la minifalda de una mujer madura que me avergonzó al decirme risueña, You *bloody pervert! At least you should ask for permission.* Iba a dar explicaciones, pero renuncié a hacerlo al contemplar, inflado de orgullo, no esas piernas sino esa hoja: a un lado la copia de un retrato de Lucian Freud, al reverso el boceto de un pedazo de silla difícil de identificar (¿Chagall o Kandisnky pintaron sillas?). Sin duda, si un crimen cometió el aprendiz, fue superar al tirano y a la mayor de sus expectativas. Recordé una frase que, en un documental sobre el desarrollo de niños prodigio, creía haber escuchado a un reconocido maestro de música: "cuanto mejor ejecuten, cuanto mejor lo hagan, menos conformidad puedes mostrar. Tu conformidad es su fracaso. Nada es suficientemente bueno".

Esas dos caras de la hoja arrugada me decían más que cualquier cuadro, me conmovían más que cualquier obra expuesta a un kilómetro en el Tate Modern, cuya chimenea de vieja estación de energía podía ver hacia mi izquierda desde el puente y creo que antes pude ver en el museo en una obra de Monet. Prometí que en cuanto volviera a casa (sí, iluso, pensaba que lo haría al cabo de un par de días) habría de enmarcar el papel. Aunque me desagradara, debía de admitirlo: quien fuera que instruyera a Rodión, por rival o enemigo mío que resultara, por opresivo o cruel que se comportara, sabía de su trabajo: conformidad y fracaso, autocomplacencia y naufragio, como en mis letras.

El vuelo hacia la ribera sur de más trozos de bocetos —a propósito del Tate, ahora pesqué un papel rojo muy mojado que podía ser de Rothko o, con su mínimo tamaño, de cualquier otro artista— me llevó hasta el otro extremo del puente, justo donde el Big Ben podía apreciarse al centro del London Eye y surgían unas escaleras que llevaban a una grafiteada pista para patinetas. Tan ensimismado estaba que no noté que la mujer de la minifalda, ahora con pose grotescamente seductora, continuaba su perorata: *Kinky boy… Not that I mind… But you should ask, you freaky, quirky, funky…* Fingí que no le entendía y seguí caminando por el puente, tardando en descubrir que el imponente edificio circular y con paredes de vidrio que emergía, era un cine; creo que sólo por eso, no me metí, pero la lluvia intensificaba. Corrí hasta el interior de la estación Waterloo, más por arroparme de la tormenta y desprenderme de la mujer, que por buscar a la familia eslava, a la que, quiero suponer, en ese momento ya no pensaba ver de nuevo.

Tras deambular por el barullo de la estación más transitada del Reino Unido, tras esquivar piezas de equipaje y personas cuya única finalidad en la vida parecía brincar de lado a lado, tras tomar de un monte de periódicos una copia del *London Evening Standard* (en la portada, algo sobre el circuito cerrado de cámaras dispuesto en la ciudad), tras toparme aterrado con la estatua de un pintor en pleno corazón de ese trajinar (más pintura: malditos temas que persiguen; tomé nota: Terence Cuneo, retratista de trenes y reinas), decidí salir por el otro lado y volver al hotel. Ojalá lo hubiera hecho. Afortunadamente no lo hice.

En un pequeño pub abierto al frenesí de la terminal y arrinconado en una esquina de la estación, descubrí al mentor tomando una cerveza con dos personas. Inevitable acercarme, primero buscando a Rodión o a su madre, después necesitado de datos sobre su paradero.

Sentado muy derecho, con las manos sobre los muslos, el maestro actuaba ahora con modales serenos y hablaba un inglés de mejor vocabulario que pronunciación. La lluvia le había permitido ordenar hacia atrás unos cabellos que por la mañana parecía llevar una vida sin atender. Debió de percibir que olía a sudor o a desodorante recién aplicado, porque lo sorprendí un par de veces posando su nariz sobre el hombro izquierdo, con gesto intrigado.

Como pude, me aproximé a la conversación, ocultándome a unos metros, en un expendio de periódicos en el que parecía no haber vendedor ni clientes. En la silla que me quedaba de frente se sentaba un ejecutivo inglés, con pinta de venir saliendo de su oficina en la City o Canary Wharf; actitudes y ropa común en banqueros o gigantes financieros, con la corbata todavía cerrada al límite, las mancuernas y la mascada en perfecta posición, estaba más concentrado en el tintineo de su whisky que en sus efusivos interlocutores. El otro individuo era tan corpulento que me cuesta recuperar otra característica de su físico: grande en todas las direcciones. En tanto, el maestro había añadido al aspecto desalineado de todo el día, un saco azul o gris obscuro que le cambiaba completamente el aspecto, más allá del cabello relamido y el mencionado hedor.

Me costaba seguir el hilo de su conversación. Brincaban del mundillo editorial a las trabas impuestas por no sé qué legislaciones o impuestos. Proponían nombres de personas, que lo mismo podían ser artistas, futbolistas o inversionistas, casi siempre rechazados con altivez por el financiero —alzaba la mano izquierda y entrecerraba el ojo derecho como ademán de negación.

Los dos extranjeros celebraban, algo ridículos, todo lo que decía el inglés. Se esforzaban en festinarle y agradarle. Pensé en lo sencillo que es actuar de cómicos para los poderosos y en lo inevitable que es que se terminen enamorando de su propia voz (lo anoté junto a lo de la frase de las lágrimas y el nombre de Cuneo en el arrugado recibo de otro café), cuando el grandulón quiso resultar simpático y sacó una anécdota.

Un tal Borya o pudo ser que Bogdan. Se burlaba de él, lo trataba de insecto literario (para ser preciso, bicho literario: *literary bug*). Su inmensa mano formaba la L tan relacionada en la cultura estadounidense con quien es perdedor y el ademán, sin

39

duda, desagradaba al hombre de la City, lo llevaba a refugiar sus ojos en los hielos del whisky, a encorvarse en la silla buscando escondite para sus rosadas mejillas o lo que quedaba de su bronceado de Mallorca del verano. La narración desvariaba y tropezaba en paréntesis burdos, ante la exasperación y urgencia de interrumpir del mentor que ahora cruzaba las manos y, después de un sorbo a una copa que no llegué a ver, ponía la trompa que le conocí en el museo.

Pude entender que el tal Borya no había vendido un mísero libro; que se había gastado el dinero hecho como pintor o escultor, para imprimir miles de ejemplares; que ávido de ser leído, regaló sus volúmenes a librerías, cafeterías, escuelas, oficinas; que iba de casa en casa, por el pueblo, ofreciendo sus letras, pero la edición completa se pudría en un sótano lleno de gallinas; que ahora intentaba hacer algo (¿una escultura, un arte-objeto, un instrumento musical?), con esos kilos de páginas desamparadas y emplumadas. El inglés, lejos de reír, se aflojó ligeramente la corbata (por fin, pensé como si mi cuello y no el suyo se liberara) y frunció el ceño. Cuando el grandote explicaba que "una pena que su madre haya muerto... ¡Al menos ella lo habría leído! ¡O su hermana que se le fue con alguien que dijo que era venezolano!", un celular sonó y el financiero, con gesto de haber sido rescatado, atendió, dando un respiro. Al instante, el tirano y su otro acompañante mudaron con violencia a ruso o a lo que fuera que hablaran; también modificaron su servil comportamiento: sin auditorio no hay performance y ahí el único público gozaba de un merecido intermedio.

La tensión de su diálogo me obligaba a acercarme más, pero temí. Sería miedo a verme descubierto como hombre que le robó a la esposa y procreó al que por años pensó que era su hijo, sería miedo por la violencia que atestigüé en el museo y en el puente, sería reacción pavloviana ante los coscorrones presenciados, el asunto es que mantuve la distancia. Me perdí de todo y mentiría (aunque seguramente en estos renglones ya lo he hecho) si afirmara que logré interpretar algo de esa conversación, en la que parecían dos actores echados en el camerino tras una función que ya se repitió más veces de lo disfrutable.

El fin de la llamada telefónica hizo vez de teatral tercera llamada y retomaron sus papeles. Mi suerte fue tan mala que, cuando volvieron al diálogo en inglés, surgió el altoparlante de la estación, explicando que un tren a Plymouth o Portsmouth, estaba demorado. Más escandalosa todavía fue la reacción de un grupo de estudiantes fastidiado por la espera y, abriéndose paso entre ellos, un hombre en silla de ruedas que con roncos gritos vendía la revista *The Big Issue* —la portada preguntaba: *What Would Orwell Say?*

Para cuando pude escuchar de nuevo, divagaban por asuntos que no me hacían sentido; de Borya, Boris o Bogdan no quedaba rastro. Media hora en la que se refirieron a Kursk (¿o Kurtz?), al contenedor desde Glasgow, a los abogados, a la galerista de San Francisco, a un librero que castigaba a sus autores, a las vicisitudes del arte en épocas en las que nadie tiene mayor motivación que sacarse autofotos, editarlas y exhibirlas —a colación de lo cual, mostraron en el celular la selfie de una chica, según explicaron recién sometida a cirugía estética y, por supuesto, ofrecieron al inglés la opción de conocerla ahí mismo.

Cuando se estaban despidiendo, el de la City alzó la mano, aclaró garganta, asintió para sí, y soltó categórico: "¿Y Borya? ¿Por qué no? Quiero a Borya". Los otros dos se miraron dubitativos, extrañados, asustados, hasta que el tirano no pudo posponer más la respuesta y clamó con un gesto de sumisión que no pensé llegarle a conocer, todo sometedor termina por ser sometido: "Eso no puede ser... Eso... No. Es... Escucha... Pero tengo a Anna Andreyevna. Y está... está... está también Sasha. Y, y, y, va a estar Vanya. Y mi sobrino ha estudiado en la misma academia que el hijo de Lev, seguro nos trae a Lev. Lo que nos va a aportar Lev... Por cierto... ¿te he hablado de las copias que hace el niño? ¡Diamante! ¡Hoy tenías que verlo! ¡Estrella!

El futuro llegó. Y ahora mismo puedo llamar también a… a… a…". En su auxilio surgió su amigo, "a Fedya… Aquí está su teléfono. Estará fascinado porque además él ve la vida como un todo, es tan profundo, él siempre logra transportarte a…". El inglés lo cortó en seco, volviendo a subirse la corbata: "Olvídalo. Quiero a Borya". Todo había ido tan bien hasta la inoportuna anécdota del grandote. Lo extraño para mí era que ni el de la City preguntara por qué tantas reservas, ni sus interlocutores las detallaran.

Timbró una nueva llamada, a la que esta vez el inglés pidió no colgar, dejando claro que ya no tardaba: el ultimátum, evidentemente, era para los dos extranjeros y no para quien le había telefoneado. "Va a ser, Borya o nada" y empezó a caminar, ignorando las manos que le ofrecían en despedida (disfruté de la imagen del mentor con el apretón sin destinatario). El de la City regresó sobre sus pasos y preguntó en voz alta, sin alejar el auricular de la oreja: "¿Cómo se llama su libro? Podemos traducirlo y distribuirlo. ¡El secreto mejor guardado de Europa del Este! Va a funcionar. Va a funcionar. Entrevistas en el sótano con las gallinas. Edición especial con plumas y manchas de mierda en la portada. Recreaciones de cómo caminaba ofreciendo libros por el pueblo. Algo de Stalin… No sé qué… Algo del arte durante Stalin… Has dicho Borya, ¿correcto?". Borgia, como sonaba en boca del inglés, les había destrozado todo. En cuanto estuvieron solos, el maestro riñó escandalosamente al grandulón y su cabello volvió a desordenarse.

Por alguna razón, en ese momento revisé que en la bolsa trasera de mi pantalón continuara el pedazo del Lucian Freud de Rodión y pegué mi nariz al dedo índice de mi mano izquierda. Olía a café, con algo metálico como monedas, con algo desagradablemente floral (o jabón de alguno de los baños por los que pasé en el día), que me hizo estornudar, aunque a salvo: el forcejeo por Borya disimulaba cualquier otro sonido; el mentor había rebotado en el suelo de la estación y gruñía.

No soy Rodión, pero pude serlo. No soy Rodión y si lo fui, ya no lo seré. Soy Borya, el que, como yo, va derramando una lágrima por cada etapa. Va derramándola por cada instante, por cada lugar, por cada letra.

10

Paranoia. No hay peor veneno. Nada consume a la mente con tanta fuerza. Se autodestruye primero el que se convence de que muchos le quieren destruir, el que cede a la esquizofrenia del complot. Llegó a estar seguro de que todo era una artimaña de Faisal, de que estaba coludido con los del tren. Decidió exigirle que revelara quién lo mandaba tras él o lo que buscaba. Contestó el teléfono con un gruñido que pudo ser cualquier voz y en cualquier idioma, ávido de confrontarlo. Luego no dijo nada; luego pospuso y no se atrevió; luego quiso el destino que la llamada se cortara antes de que se animara a intervenir. Probablemente por mucho que se extendiera Faisal, él no iba a hablar. Le hipnotizaba ese políglota, le hipnotizaba su cambio de grosor de voz a cada cambio de idioma, le hipnotizaba más al saber que no era una grabación y existía la posibilidad de con una palabra estropearlo todo, acabarlo, enterrar la farsa, salir del armario de esa bocina. Le hipnotizaba su tristeza. Ese día Faisal iba a algo que le intrigó hasta que la comunicación se cortó.

¡Atiende! ¿Eres tú? ¡Vaya, por fin! ¡Todo cielo abre! Cuando niños, eso nos decía… ¡Atiende! Antes que otra cosa, antes de que digas algo… No va bien lo que dejaste. Tienes derecho a culparme. Y yo a defenderme. Y yo no tengo defensa más que el tiempo. Son tantos años… Yo…

Lo tuyo… Predictable, ¿así se dice? No… Predecible…
En fin: el camello piensa una cosa y el camellero otra. Ley
de vida. ¿Escuchas a mí? Será… Yo… El problema es que
Tío ya no se interesa demasiado, preocupado sólo por
estar fuerte, se ha convencido de que así resistirá… Y que
Tío ayer pensó que yo era tú. El problema es que no le
hace diferencia pensarlo, equivocarse, porque su mente
ahora se estacionó cuando yo era tú, cuando tú eras yo,
cuando no había diferencia, cuando éramos lo mismo. Yo,
tú. ¡Atiende! Tú, yo. ¿Atiendes? El problema es que en-
vidio el problema de Tío. Y dijiste un día: que envidia
eran celos… No te he dejado hablar, pero es que la emo-
ción. O el miedo. Sí, sí, sí, Tío decía: el que habla mucho,
miedo a escuchar… Pero atiende, escucha a mí… Camello
et camellero. ¿Cuántos años ha…? Pero Tío no sabe, Tío
no sabrá, Tío se basta con lo que supo que ya es lo único
que tiene y cada vez menos: el premio a una vida de sufrimiento, un vida de *merde*, tanta *fatalité*, esa paz disfrazada de
indiferencia y, ¿cómo dices?, ¿vigorexia?: un anciano obse-
sionado por la fuerza. ¿Hablo solo? Mira… Yo… Y Tío…
¡Atiende! No me culparás, pero se jodió. ¿Hablo solo? Lo
que debes comprender… ¿No hablarás? ¿Atiendes?

11

Reflexiones de carretera, mi único diván posible, mi único psicólogo autorizado. Kilómetros de asfalto con efecto terapéutico, la mente en foco en paisajes fuera de. El desarraigo como cura y escape de casi todo mal. Paradójicamente es en donde te escapas de los demás en donde no te escapas de ti mismo, en donde ya no te escondes, en donde ya no te engañas. La comodidad de bajar en una gasolinera en parajes desconocidos y por fin dejar de fingir, que lo mismo da lo que seamos, digamos, proyectemos, a lo que juguemos.

Reflexiones en una carretera que me llevaba a dos absurdos: rumbo a la tierra que escupe lodo a los aires, justo en donde me sería entregado el número siguiente de la antología. Carretera de sinuoso cadereo como nuestras poses, de belicoso serpenteo como nuestras pretensiones, pensaba al rebotar en tres baches consecutivos, temeroso de que hubiera tronado alguna llanta. Carretera y su rugosa catarsis, y su parto de delirios, y su escrutinio permanente en el espejo retrovisor, para mi tranquilidad en ese momento, negro total, sin perseguidores ni acosadores.

Otra serie de brincos, rebotes, descontroles (el taxista, dormido en el asiento trasero, espetó algo que pudo ser insulto o consejo) y una reflexión que me hizo descubrir mi rostro asintiendo, arriba-abajo, arriba-abajo, arriba-abajo, como si me comunicara con cada cráter en ese asfalto: que tampoco es nuevo aquello de que nadie es quien cree y mucho menos quien dice; como sea, en casa o en el exilio, buena ventaja lleva el que ha refutado lo que erróneamente pensó que era, el que ha triturado la mentira de lo que aseguró ser, el que se ha atrevido a aventar lejos la máscara incluso sin certeza de lo que emergerá debajo —o si hallará ahí algo en absoluto, que a partir de ese punto muchos ya ni serán ni se encontrarán; vivir en el mejor de los casos con un vacío por personalidad y, en el peor, con una mentira.

Reflexiones de carretera y también regresiones, a veces ir al frente a gran velocidad es ir atrás en la memoria: la mentada estación (¿mi?) Waterloo, las mentadas coincidencias (¿existen?) de una vil anécdota, el mentado Borya (¿yo?) y sus libros vejados, el mentado mentor (¿y su esposa, y el de la City, y el grandote?) y, como telón de fondo, Rodión (si es que se llamaba así, por piedad no regresemos a eso que ya arrastramos suficiente peso y con trabajos avanzamos, si no nunca acabaremos), y los perseguidores (desde hace varios países) cada vez más indiscretos en su acechanza.

Una recta tan infinita, en esa autopista cercana al mar Caspio, me instaló de regreso en donde me había quedado en este relato, aunque supongo que un tanto distorsionado por sueños que por esos días alteraron tanto lo que recordé de Waterloo como lo que creí que recordaba estando ya lejos en tiempo, espacio y emociones. ¿Objetividad, autenticidad, fidelidad? Dejemos de torturarnos: nombres y lugares, fechas y hechos, justificaciones y causas, siendo lo que fueron pudieron ser tanto más o menos, y si lo mismo da lo que hubo, menos da lo que contemos. Además, la licencia narrativa se convierte en tiranía cuando no se piensa compartir y, mucho menos, publicar; cuando no se pretende convencer a nadie. Evitemos debates inútiles, que ficción y no-ficción tarde o temprano ceden a su química, opuestos que se desean y atraen, idilio inevitable más por necesidad que por conveniencia. Esos dos tórtolos literarios terminarán por fundirse, ansiosos ambos de lo que les falta: a la ficción, casi siempre proveniente de cómodos sillones y salas climatizadas, la necesidad de veracidad; a la no-ficción, resignada a sus limitaciones y verdades ocultas, dejar de engañar con su promesa de realidad.

Me desvío y no del camino, o del recuerdo de ese camino, o del recuerdo que hurgaba en ese camino.

Pisé el acelerador, salvando por nada otro bache, y la vibración bajo mi planta del pie me devolvió a Waterloo, enésimo intento de ordenar los recuerdos: tras su forcejeo por Borya, justo después de que el de la City se retirara, el maestro de pintura reincorporó de su caída ayudado por la mano derecha del grandote, como si su altercado sólo hubiese sido una pelea de entrenamiento, simulacro entre dos amigos que se preparan para combatir a genuinos rivales o simplemente quieren mantenerse en forma.

Noches después, cuando este recorrido ya había comenzado, repararía en que escuché o creí escuchar que el corpulento se refirió al mentor como Bog, palabra tan truculenta que, investigué, podría traducirse de ruso y croata como dios, de danés como libro, de checo en *boj* como pleito, de inglés —asumiéndola como *bug*— como bicho... O, pensé y quedé atónito, diminutivo de Bogdan. ¿Y si el maestro de pintura era Bogdan, y Borya sólo un nombre mal registrado por mis oídos? ¿Y si sólo era una alusión checa a su pelea sostenida o una frase rusa clamando a los cielos? ¿Y si *literary bug*, creo que dicho unos minutos antes por el grandote, fue un juego de palabras para burlarse de Bogdan? Sí, pensé, el Borya al que ahora buscaba en esa tierra, pudo nunca existir más que como un error auditivo; error lógico por mi distancia respecto al diálogo y tantas cosas más que no hace falta repetir.

Nadie me va a pedir pruebas ni veracidad —y, llegado el punto, no es que esté dispuesto a ofrecerlas—, pero me es casi imposible aclarar lo que se dijo en Waterloo y lo que interpreté de esa discusión: un idioma ajeno, una discusión escuchada oculto metros atrás, el escándalo propio de una estación de tren y, para colmo, lo que misteriosamente pasó conmigo en ese momento, que es a lo que voy. En resumen, si de todo lo anteriormente referido he dudado, de lo que viene dudo más, muchísimo más.

De las arcadas en ese momento en Waterloo, sí me acuerdo: cómo fueron subiendo por mi tronco hasta sacudirme los hombros y tensar mi mentón, cómo perdí todo control sobre mi trémulo cuerpo. Todavía tengo conciencia de que, muy mareado, me sostuve de uno de esos carruseles que giran con postales y eso me terminó por precipitar al piso. Luego, debo haber vomitado y desmayado. ¿Un minuto, diez, cuarenta? Pese a que sobre mi cabeza colgaba el inmenso reloj de la estación, nunca lo sabré; me perdí recostado a unos metros del pub, con la cabeza encima de una postal del príncipe Harry y rodeado de un charco de bilis.

Extraño descubrir que hablan de ti en tercera persona, con otro nombre y en otro idioma. ¿Bogdan, Bog, *bug*? Nada de eso estaba en mi mente en aquel instante y si estaba debo de haberlo bloqueado, porque mi descubrimiento opacó todo. Pudo ser que me desplomara al sospechar que el mentor era Borya, pero lo más factible es que cayera al no poderme resistir a la evidencia: que yo era Borya el ileído (¿existe la palabra?), el intonso (sí existe, pero vaya palabra), o una suerte de; que no me hacía falta el nombre, cuando tan claro estaba el padecimiento: hojas sin ojos, el autor sin lector.

Esa esquina de la ribera sur del Támesis quedaría por siempre marcada como kilómetro cero del viaje al vacío de mi literatura, como obituario de mis letras. Tendido en un reguero de lo peor de mis vísceras, asimilé que hacía tiempo que había dejado de creer en todo objetivo, que lo asumido como fe era mera pantomima para entretenerme, que mi proyecto de letras, ese por el cual lo había dejado todo y a todos, se concibió abortado y mis páginas para el olvido o, más digno, para la hoguera.

De vuelta al presente (o a lo que en ese momento en que recordaba, era el presente), intensificó la lluvia en la carretera por la que me movía y eso me obligó a interrumpir los recuerdos. Todo a obscuras a mi alrededor, sin seña o distintivo algunos, podía estar en cualquier sitio del mundo. Pasó el diluvio y se convirtió en charco, el charco en surreal vista bajo mis faros, la vista en revelación y la revelación en estigma. ¿Qué cargo sobre mi espalda?, ¿qué traigo a cuestas?, ¿qué vengo arrastrando en el mejor de los casos por años y en el peor por generaciones de cromosomas impregnados de complejos, delirios, fobias?

Trataba de profundizar en el motivo por el que llevaba meses sin poder girar el cuello (lo recordé al voltear con una punzada al espejo derecho del coche: no, no me perseguían), cuando regresé al tema que me tenía sometido. Ya sin la concentración adicional a la que obligaba el aguacero, recapitulé, como si hacerlo modificara los datos o los dotara de otro cariz.

De Borya, llamado o apodado así (y si no es que mi hermano ileído era el maldito maestro de pintura), sabía que hizo un libro que no vendió ningún ejemplar y que presumiblemente era artista plástico; a eso se añadía alguna relación compleja (¿su muerte?) que hacía inviable que se le invitara a la cumbre, coloquio, seminario, exposición, o lo que fuera que organizaba el de la City, creo que en Glasgow; la madre fallecida era una pista menos excepcional que la hermana casada o escapada con un venezolano (aunque ahí mi memoria recapacitaba en un posible error: quizá escuché que era colombiano). Divagaba. Como único dato obtenido en infructuosas horas de búsqueda en internet, supe que Borya es un tipo de planta (¿en Australia?) que sobrevive largos períodos sin agua. Pensé en un cactus. O, puesto a buscar un milagro, en una zarza ardiente. Incluso mejor, locuras de una carretera en la que ya amanece y la luz pinta todo de aridez, en un cactus ardiente. Lo mismo daba, a menos que en efecto Borya fuera un apodo y algo tuviera que ver con su personalidad, aunque, seamos sinceros, sólo el botánico más obstinado pondría o recibiría sobrenombre tal. Borya, diminutivo de Boris o Borislav, traducible como peleador o guerrero, y que, según algún iluminado cibernético, concede a quien lo porta "una mente analítica, pero sufres de una gran inhibición, falta de confianza y mucha soledad a causa de malentendidos" (o sea, yo).

Me sacó del ensimismamiento una persona que pedía ayuda para su coche averiado (claro que no me detuve, fácil trampa de quienes, ya no tenía duda, me seguían). Intenté con poco éxito volver a mis memorias, porque brotaba una curva en la que carriles de ida y vuelta parecían convertirse en uno o uno y medio.

Como si el taxista tuviera integrado a su mente un GPS del recorrido, despertó para decirme, con tres gritos, que me pegara completamente a la derecha. Pasado el susto, recuperé el recuento, rogando que los días de distancia me permitieran retocar o corregir la secuencia, rumbo a una versión definitiva.

Va de nuevo: en cuanto el de la City abandonó por segunda vez la charla en la estación, el maestro de pintura entró en cólera y tuvo la tonta idea de lanzar uno de sus coscorrones al grandulón, quien, para mi sorpresa, no rehuyó el combate ni reculó. Teatro del absurdo y más con el remolino de estudiantes a su alrededor en camino hacia el tren demorado que por fin llamaba a embarcar rumbo a Portsmouth (o donde fuera). Finalmente el tirano cayó al suelo y, como si se tratara de una lucha por mero acondicionamiento físico, su contrincante lo levantó estrechándole la mano (creo que eso ya lo dije, espero que de forma igual o al menos parecida). El vodevil se complementó con una mesera asiática acercándose en ese insólito momento a extenderles la cuenta, acaso preocupada de que tan burda pelea fuera excusa para huir sin pagar (pero, ¿no había pagado antes el de la City?).

Una vez reincorporados y pacificados —el tirano reveló una calva hasta ese momento oculta por larguísimos cabellos lacios relamidos— entendí que el individuo inglés se llamaba Pat Sherwood o, como ellos lo pronunciaban, Pat Shervat. Hacían llamadas, tomaban notas, mencionaban a Borya, acaso preguntando por su paradero o disponibilidad. Recordé o quise recordar que mencionaron un patronímico. ¿En cierta llamada se pudieron referir a Borya Alexiévich? Más vueltas a lo mismo, que descartan al mentor como Borya: si el de la City lo hubiese buscado a él, de inmediato tendría que haber dicho "yo soy", máxime si había una intención de editarlo y a la vez promoverlo como artista plástico (a menos que, llegados a ese trance, un muy frustrado Borya ya no quisiera lectura ni promoción); a la vez, no creo que el grandote se hubiera burlado de él, en sus narices, como lo hizo de Borya.

¿Ya he dicho que en la estación caí, vomité y desmayé? Creo haber seguido esa última escena desde el piso y en mi memoria queda como uno de esos flashazos de una mala borrachera. Creo también que cuando los paramédicos me reanimaron ya no había rastro de nadie en esa mesa (pobre príncipe Harry, su traje rojo de gala manchado por un líquido espeso). Creo, pero no me crean, que el grandulón me tundió un par de cachetadas para hacerme reaccionar y que la mesera asiática, todavía con un billete de veinte libras en las manos, gritó al verme en convulsión.

Mal vamos cuando quien en nada cree, cree en tantas hipótesis. Un mensaje grafiteado en plena señalización de la carretera me sacó del pesaroso recuento: "Te quiero besar la voz". Pensé en Faisal y sentí vergüenza. "Te quiero besar la voz". Pensé en Faisal y sentí tristeza. Ninguna otra voz había en mi vida, ninguna otra voz deseaba besar con mis oídos. Oportuno mensaje, justo cuando mis elucubraciones o ilaciones iban a peor.

En el retrovisor de mi existencia, la voz de Faisal, el castigo de Rodión, los fantasmagóricos pasos de Borya, el tiránico Bog y un libro virgen. Sí, mi vida social colgando de un par de rostros apenas entrevistos, de un fracaso editorial, de meras conjeturas, y de la única voz que, con vergüenza y tristeza, hubiese querido besar. Por delante, sólo la antología.

No dije aún que la autopista era por Azerbaiyán, camino a los volcanes de lodo de Kobustán. No dije aún que conducía un taxi y, cosa más rara, lo que se tiene que aguantar para ir de incógnito, en el asiento trasero roncaba el taxista abrazado a su novia o amante. No dije aún muchas cosas, porque tampoco es que me vayan a creer o que en este punto haya a quién convencer; igual, la veracidad depende más del que lo dice, que de lo que se dice, y felizmente eso me descarta.

Los volcanes de lodo: absurdo punto de encuentro con un individuo contactado en el mercado negro de caviar de Bakú, entre beluga y sevruga apiñados en un congelador de paletas heladas, del que eran sacados con una espátula. Los volcanes de lodo fueron su sitio de elección para timarme con un libro de páginas manchadas por lo que parecía vino.

¿Vino en páginas que supuestamente nadie había leído? Tan absurdo, tan sintomático, tan descarado, como ese pedazo de tierra que vomita lodo a los aires. Absurdo como mi carrera literaria. Absurdo como esta antología, hojas sin ojos, que estaba en marcha. Absurdo como Borya que acaso era Bogdan pero no podía ser Bogdan. Absurdo como Borya al que buscaba en vano en Azerbaiyán. Absurdo como Borya que, sin duda, ya era yo.

Nunca fui de mascotas y suelo poner reparos a tocar animales por la calle, mas, por alguna razón, antes de volver de ese rincón del sin-sentido, rescaté a un gato de ser arrollado. Salvado el gato, hundido lo demás.

12

Pronto se ha hecho adicto a Faisal: ha pasado de acusarlo a ne-
cesitarlo. Admite que desafía así sus paranoias. Admite, ahora
que han transcurrido dos días sin llamadas, que a cada despertar demanda una mayor dosis de sus padecimientos, que sólo se
serena con sus súplicas y lamentos, que sus relatos inconclusos
le son de una sabiduría suprema. No quiere que le deje de ro-
gar y pasar a rogarle él, pero en cualquier momento, se resigna,
sucederá. Curativos monólogos, le han devuelto algo del sueño
y los sueños de antaño. Por cómo le escucha, cree que también
en algo le he ayudado él (o quien sea que Faisal piense que es
él). ¿La tranquilidad, incluso a media persecución, de ver a otro
padecer? Su nuevo mensaje ha caído como bálsamo. Decidió no
responder por varias razones, pero ya no para evitar ser rastreado
en este cerco que le ahorca; sí, para poder reproducir el audio en
alguna emergencia, en cualquier momento de necesidad y soledad supremas, en caso de que Faisal volviera a abandonarlo
por más de una noche; también, para no interrumpirlo con sus
impulsos, dudas, tonterías; y, sobre todo, para que no se entere
de que lo suyo no es con él, para que no termine por saber que
el interlocutor no es quien Faisal cree que es. ¿Cómo contesta
quien no sabe ni cómo se llama, qué dice, de qué habla, en qué
idioma y con qué tono? Aquí, Faisal. Otra vez, Faisal. El íntegro
y perseverante Faisal.

No contestas porque sabes que soy yo. Bien. No esperaba algo diferente, o a lo mejor es que yo ya no espero nada. Son muchos años. Tus razones no tienen sentido; no para mí. Yo, en este momento… Atiende, que la historia es así. Mi vecino tiene cuatro hijas. Su esposa le prometió que le traerá un hijo. Mi vecino le cree a su esposa. Ella cree en su ¿*capacité*?, en su capacidad para darle un hijo. Él decide ponerle Royón… no sé de dónde lo haya sacado o si se pronuncie así, Royón, Rowón, Rodón. ¿Tú sabes si existe? Yo creo que es persa, aunque… Y ayer iba a nacer el niño pero nació otra niña. La niña no se puede llamar Royón. Royón no es nombre de niña ni para los persas ni para los turcos ni para nosotros. Fui como pacificador. Te costará creerlo, pero desde que hablamos, o más bien desde que hablo porque tú todavía no hablas, he vuelto a ser pacificador. No dudes. Yo puedo ser pacificador. Me dicen que siempre dudaste de mí y… Hoy no sé quién seas tú, hoy no sé en dónde seas o en cuál de tantos idiomas seas… pero tienes que saberlo: que hoy yo soy pacificador. Mientras todo se termina…… Que lo demás no se termine… Sugerí llamarle Rawah, esplendor, *beauté*… belleza es. Pero él dice que Rawah no puede ser suya. Él dice adulterio a la esposa. No quiere a la niña, que él sabe hacer varones y ella no sabe hacer varones, que él hizo Royón y no quiere Rawah. ¿Tú te quedarías con cinco niñas? Te cuento esto porque cuando éramos pequeños una vez dijiste… no… no recuerdo si eras tú, pero igual traías esas ideas de lo que afuera llaman *équité*, *equity*, equidad. Igual da. Atiende. La verdad no sé por qué te contaba esto. Lo tuyo… que se pudrió. Y Tío, luego de ver tanta mierda, Tío que se pudrió. Todo se pudrió. O sólo te cuento para recordar lo de antes, verás que hoy ya estoy mejor. Escucha a mí. Nos sentaremos a hablar. Tú y yo. Como antes. Me escucharás a mí. Te pagaré. Nos daremos tres besos. Como antes. Apretarás mi mano con tus dos manos. Como antes. Pagaré. Aquí, Faisal.

13

Y resultará que la entrada tres de la antología sí apareció en Azerbaiyán. Y será que esas páginas manchadas de vino, recogidas junto a unos volcanes de barro, tenían tan peculiar historia como singular justificación.

El autor, repudiado por los locales al haber denunciado a medio Bakú durante las purgas estalinistas, fue presa de una venganza: que sus páginas de poesía formalista o revolucionaria (ni idea: no seré yo quien lea en azerí lo que nadie ha leído), se utilizaran como servilletas en una de tantas crisis de abasto. No descarto que incluso hayan sido sustituto de papel de baño, pero eso nadie me lo dijo, simplemente haría sentido en aras de mayor denigración y cierta funcionalidad sanitaria. El asunto es que el único ejemplar sobreviviente tenía rastros de todos los colores que una buena mesa del Cáucaso ha de presumir en un banquete. Los demás libros habrán sido directamente tirados a la basura una vez que se limpiaron con ellos las manos pegajosas del bebé, el bigote de miel del adulto, la mierda de pájaro de la mesa, la sangre escupida por el paciente terminal, lo que fuera.

Mucho antes que reivindicar a algún personaje de cruel legado, mi antología perseguía libros mancillados por la indiferencia. Como sea, después del chasco del desierto de Arizona y de no hallar a Borya en tantos sitios, no estaba como para purismos o moños. Además, cabían demasiadas conjeturas respecto al poeta delator Ruslán Eruslánovich Rusieshvili: si su fe en la revolución lo llevó a alimentar esa paranoia insaciable de nombres y traidores, si no tuvo alternativa (aunque, para joderle la vida a alguien o a varios alguienes, siempre la ha de haber), si en el acto de acusar salvó a muchos otros, si, como su apellido georgiano podría indicar, conoció a Stalin —aunque ni en Gori, ciudad natal del temible líder soviético, ni en el resto de Georgia había rastro de Ruslan, de sus revelaciones, de sus publicaciones. Casi puedo decir que, de no ser por la atormentada memoria transmitida por los abuelos delatados a sus nietos, nadie estaba enterado de su existencia. Al final, los traicionados habían ganado: él los anotó en la historia del sufrimiento, ellos lo borraron de la historia de la humanidad.

Peculiar forma de resistencia contra un soplón: no leerlo y usar sus versos como trapo. Más peculiar: años después rescatarlo no para leerlo, sino para recordar su daño.

Creo que ya he dicho que al salir de los volcanes, desconocía todo eso y que si me llevé el sucio poemario de Ruslan (sucio físicamente, desconozco si también semántica o fonéticamente), fue más por no saber qué hacer con él. Entiendo que aquí me he adelantado en el relato, como también entiendo que me he retrasado en lo que siguió a mi Waterloo (tal vez vuelva: no por imposibles, los regresos son descartables); como sea, lo hago resignado a que a más posposiciones, más imprecisiones, divagaciones, confusiones, improvisaciones.

La novia o amante del taxista, primero fastidiada por ser despertada para ver lodo en los aires (habrá pensado, menuda cita de amor), luego entusiasmada sacándose fotos en el momento justo de alguna explosión, traduciría para mí que quien me dio el libro, un anciano esquelético con ojeras infinitas, insistió en la necesidad de que nadie lo leyera pero todos lo supieran.

Al salir de Kobustán, con tal dolor de cuello que supliqué al taxista que tomara el volante, volví a sentirme perseguido. De vuelta en Bakú, entré en un locutorio con la idea de telefonear a

Jessy Aguirre para compartirle que de nuevo me habían timado; necesitado de que me levantara el ánimo, iba a explicarle que terminaría ahí mi caza de Boryas y libros, que me regresaba a casa. Contestó un tal Sherlock o Shylock, asegurando que llevaba años con ese número y exasperándose al serle consultado si conocía a Jessy, Artemio, Goriot, Raven, Dante o Absalón (creo que en Raven vaciló, pero su Raven, si lo había, no era el mío, que fue o ha sido Jessy Aguirre).

Desilusionado, reproduje por enésima vez uno de los mensajes de Faisal y comencé a transcribir. Entonces sentí que un tipo que jugaba backgammon (¿o era ajedrez?) me escrutaba con el rabillo del ojo izquierdo. Boina chueca, un cigarro tras otro y lance despreocupado de dados (entonces no fue ajedrez), me dejaron claro que su juego era mera fachada para vigilarme. El cerco se había cerrado: tras semanas de persecución, ya estaban ante mí.

Al escapar me perdí entre las murallas de la ciudad vieja. Caminaba acelerado, necesitando girar todo el tronco —maldito cuello atenazado— para cuidarme la espalda. Una y otra vez mis pasos volvían a lo que parecía el mismo punto, la misma barbería, el mismo minarete, el mismo ruido de máquina de coser, el mismo trazado de una portería de futbol sobre la vieja fortaleza. Constantemente palpaba en mi bolso la computadora, el celular acordonado a Faisal, el libro manchado de vino, para cerciorarme de no haberlos olvidado en mis prisas, como si a cada zancada hubiese podido perderlos. Me movía rumbo a lo que, según mis cálculos, tenía que ser el mar, pero no lo era. Vi venir al de la boina en medio de una humareda y no me quedó más que refugiarme en un *hammam*. La recepcionista me ofreció un casillero, pero obviamente no acepté desprenderme de mis pertenencias. Asomé primero a un baño comunal, lleno de grandes vientres expuestos al vapor y con tal escándalo (por lo que inferí, un tipo quería leer el periódico y los demás le explicaban que en el calor eso desprendía algo tóxico), que nadie reparó en mi ridiculez entrando vestido. Además de mí, sólo estaba con ropa un individuo de patillas demasiado prominentes que, me daba la impresión, deseaba decirme algo, lo que atribuí a mi paranoia.

Antes de que otra cosa sucediera, salí y preferí pagar por una sala de vapor privada. Ignoraba cuánto tiempo estaría escondido, pero desvestirme no era opción, tenía que estar listo para correr en cualquier momento. La ropa se me pegaba al cuerpo, me irritaba, me raspaba. Dentro de mis zapatos sentía un pantano. Me urgía anotar algo y sopesaba los riesgos de exponer mi computadora a esa humedad, cuando entró un individuo vistiendo sólo trusa y sandalias. Bajito, de manos gruesas y cuerpo compacto, destapó una cerveza de a litro y me dio a entender con señas que estaba incluida en el precio. Se sirvió un vaso y lo chocó con el mío, diciendo en español, para mi sorpresa, salud (sonó más bien a "tzalut"). Con mímica, que lo hacía ver cómico, vació un balde de agua, elevando más vapores, e indicó que me desvistiera. Simulé que no le entendía. De algún sitio sacó un afilado estropajo y me conminó a que me acostara en una plataforma de cemento. Fingí demencia. Insistió señalándome y dando una serie de palmadas en la rústica camilla. Exageré aún más mi semblante de incomprensión. Desesperado, arrojó unos polvos al agua, lo que saturó mi nariz de efluvios de azufre, y quiso quitarme la camisa. Hubo un forcejeo que me hizo sudar todavía más.

Cuando le quedó claro que no me pasaría su estropajo por el cuerpo, se sirvió otro vaso de cerveza y se dio un regaderazo, increpándome en azerí (o sólo hablándome) de vez en vez. Sus protestas, que subían en sonoridad, fueron acalladas por la entrada del tipo de la boina que ahora no portaba boina sino una bata de color amarillo deslavado. La ventana era muy alta y mi ruta a la puerta quedaba cerrada. Asimilé que estaba sitiado: la caída era definitiva y eso me llenaba de paz: escucharía y finalmente volvería a casa, otra vez a escribir de cualquier tema para revistas desde mi total soledad; en definitiva, el viaje había terminado, la antología (yo pensaba todavía que lo de Ruslan estaba tan leído como para mancharse de vino) sería abortada.

Parece absurdo para un *hammam*, pero el de la boina me ofreció un cigarro. Más absurdo, que lo acepté, igual nada podía empeorar ese olor a azufre. Con un par de frases dictadas serenamente, hizo que el de la trusa trajera más cervezas. Sólo destaparlas, recuperó su imponente estropajo e invitó al de la boina a recostarse en la plataforma.

La bata amarilla quedó bien doblada a mi derecha, al tiempo que a mi izquierda descubrí un recién colocado cenicero: extraña terma donde se teme a los periódicos y no a los cigarros. Desde mi posición veía de espaldas al de la trusa; se esforzaba, se contorsionaba, se ensañaba en esa exfoliación que antes yo rechacé; la piel del de la boina enrojecía a cada repaso: la nuca, los muslos, el trasero, el cráneo, una golpiza estropajo de por medio.

Con voz afectada por el tratamiento al que lo sometían, agarrado fuerte del barandal como si estuvieran sacándole una muela, el de la boina me hablaba en un tono lleno de variaciones, ya muy agudo o grave, ya muy fluido o entrecortado. Su inglés era pulcramente británico y, pronto detecté, muy escocés. *Edmbra*, dijo como si supiera lo que justo transitaba por mi mente: *Raised in Edmbra… Edinburgh, I ment.*

Indefenso, maniatado por el compacto individuo, con sus manos inmovilizadas en la cabecera de la plataforma, el de la boina no habría podido hacer nada si en ese punto me hubiera escabullido. Sin embargo, no me moví. Me quité zapatos y camisa, disfrutando de la sensación de libertad. Él, siguió jugando a hablar escocés, con risas a cada rima y refrán, interrumpidas por algún gemido propiciado por el rudo estropajo y el pequeño con la trusa, que ahora se tomaba una pausa para hacer estiramientos en brazos y espalda.

Lo peor para él ya había pasado (incluidas unas severas nalgadas bajo pretexto de no sé qué) y ahora recibía un masaje con ungüento con olor a dátil. Tomó un vaso de cerveza, o creo que más bien, y no sé por qué, yo se lo llevé. El de la trusa, sin dejar de apretar su pantorrilla derecha, con la otra mano le acercó el vaso a los labios. Le dijo, como antes a mí, "tzalut".

Sin transición alguna, el primer enunciado del de la boina fue: Ruslán Eruslánovich Rusieshvili. El nombre, aunque impreso en letras latinas en una portada al interior de mi bolso, no me dijo nada, me resultó ajeno. Inclusive pensé que era una inaccesible mezcla de azerí con escocés. Otra vez leyendo mi mente, se explicó: *That poet. Such a disgrace! Bloody disgrace! Bloody poet.*

Dio al de la trusa la llave de un casillero y, me quedó claro, le pidió que trajera algo. El esponjista, que justo se había sentado entre los dos y atendía su discurso como si comprendiera (o será que sí comprendía), alegó para quedarse. Evidentemente no quería perder el hilo del relato. El de la boina señaló la salida con dos dedos (¿pegados como lo hacía el mentor?) y prestó al de la trusa su bata amarilla, que evidentemente le quedaba larguísima. Minutos después, en los que no hicimos más que vernos, como si hubiéramos puesto pausa a la película hasta que regresara quien fue al baño, el de la trusa volvió con más cerveza, ceniceros limpios, un pantaloncillo corto para mí (luego supe que tenía el escudo del club FK Qarabag) y un portafolios.

Con cierta vergüenza por desvestirme ante ellos, lo hice de espaldas a su ubicación; me quité el empapado pantalón y respiré al tocarme las llagas en las ingles. Al volver la mirada, el de la boina metía en micas unos papeles. Mientras lo hacía, me dijo algo que me sonó al inglés *bugger*, quizá echándome (*Bugger off!*), lamentándose (*Bugger me!*) o, maldita casualidad, *literary bug*. Otra vez, y sin dejar de ordenar sus papeles, se adelantó a mis pensamientos: *My name is Vugar. Yes, plenty jokes about that in Scotland.*

Antes que yo, el de la trusa le estrechó la mano y dijo su nombre en un murmullo de puras consonantes, cosa que, para mi desilusión, no hizo conmigo (¿entonces no se conocían de antes?). Con un salto, en el que me pisó la rodilla, de nuevo se acomodó entre los dos, retornó a su butaca. Se involucró tanto en el relato de Vugar que incluso le frenaba para pedirle traducción o más datos. Parecíamos un equipo multidisciplinario de tres, cada uno aportando su especialidad para una intrincada misión, pero entre las interrupciones de uno y los acentos del otro, yo me enteraba de menos de la mitad.

Así, Vugar explicó la historia de Ruslán: que por décadas nadie supo que era él quien filtraba datos a la inteligencia e inventaba acusaciones, que en cada una de esas hojas venía la historia de una persona delatada, que su daño resultaba de proporciones incalculables.

Eran al menos treinta papeles: lo que quiso en la vida y soñó el delatado, lo que le obligaron a hacer y a perder, lo que tras la delación ya no pudo ser. Futuros truncados, proyectos de vida cercenados, anhelos triturados. El de la trusa lucía al borde del llanto y nos abrazaba a cada cual con una de sus carnosas manos. Masajista de vocación, a momentos apretaba la base de mi cabeza y ponía semblante de acidez al señalar los nudos en mi cuello.

La presión de su manaza debió de distraerme, porque Vugar intentó retomar mi atención cada vez en voz más alta: *Neebur? Hey, neebur? No listen, Neebur?!* Me disculpé y antes de que especificara que no me llamo Neebur, se adelantó para explicar ese término escocés para "amigo" o "conocido".

Recuperada mi concentración, recalcó lento y ahora sin acento: la última parte de la venganza contra el soplón, estaba en mi: que el mundo supiera para lo que sirvieron sus versos, que el mundo se riera de su bochornosa posteridad, que el mundo se enterara de sus crímenes, que el mundo viviera en honor de quienes, por culpa de su infame soplo, dejaron de vivir o, explotados en campos de trabajos forzados, ya nunca vivieron igual.

Intenté explicarle que no tenía ninguna intención de publicarlo. Me dijo que ya lo sabía. Intenté convencerlo de que yo no iba a hacer universal el caso. Me dijo que ya lo sabía. Intenté persuadirlo de que mi antología tenía fines distintos. Me dijo que ya lo sabía. Intenté gritar que tenía muchos meses de haber cortado toda relación con ese mundo literario al que tanto se refería. Me dijo que ya lo sabía.

"Rusieshvili", quise saber, "¿georgiano?". *Insha'Allah*, contestó en árabe, desviando mis pensamientos hacia Faisal… pero no: desafortunadamente había sido azerbaiyano: uno de los suyos, no sería el primero pisando a sus más cercanos semejantes, a sus iguales.

¿Y el viejo que me lo entregó en Kobustán? Uno de sus delatados, tras tantísimas décadas de Gulag. ¿Y él? Nieto de alguien que no tuvo la suerte de salir de Siberia. ¿Y la certeza de que nadie lo había leído? Expandió una mirada que era una plegaria. ¿Por casualidad conocía a Borya o a algún Borya? El de la trusa quiso responder, aunque fue callado por los ojos herméticos del de la boina. Fin del diálogo.

A manera de compromiso, me limpié el sudor de la espalda con una página del epílogo que no parecía tan manchada. Vugar agradeció.

La humillación de ver sus páginas convertidas en trapos. La vergüenza, años después, de que el mundo supiera eso y sus acciones.

Ruslán no está para verlo ni saberlo, pero peor que la humillación sólo la vergüenza.

14

"Cuídate de tu enemigo una vez y de tu amigo mil veces", nos advertía Tío. ¿Te recuerdas que cuando la decía, nos volteábamos a ver? ¿Te recuerdas? Y es... Es tan... Porque no me creo el veneno de tus palabras, o más bien, no me creo el veneno de tu silencio, que ha resultado peor. Y porque no sé por qué no me lo creo. No, no, no, no... No me lo creo, pero me afecta. Palabras, palabras, palabras. Lío, Tío, lío, Tío, lío, Tío, esa vieja rimilla cuando las travesuras. Pero... Atiende. Yo no te he llamado para eso, sino para pagarte. Y también para contarte. Lío con Tío. ¿Lío, Tío, lío, Tío? Justo cuando los vecinos me piden que lleve a sus casas *lucidité*, *lucidity*, luci... lucidez creo que decimos, ¿no?... Y qué enfermedad si no te recordaras cómo decíamos, que ese veneno es el peor... No, no lo de la luci-dez, maldito español se me va al infierno, o me baja al infierno, ya... yo he sido el infierno. Digo, lo del lío con Tío, no lo puedes olvidar, no: muy niños, a cada travesura y cada castigo. Pues te he dicho antes que Tío ya no sabe nada, y Tío no sabía lo que bebía, y Tío puso en su boca una botella de arak, y Tío se acabó la botella, y la salud de Tío es, es, vulnerab... es sensible. Y, ya lo sabes... o será que ya lo has olvidado: Tío no bebe, o Tío no bebía, o no que alguien aquí se recuerde, quizá si cuando salía al mar. Aquí sólo bebías tú. ¡El europeo! ¡El superior! ¡El de los libros! ¡El de los proyectos! Y nunca sentí que me vieras para abajo. Me lo decían. Siempre. Y yo, no, no, no... que no. Nunca. Decía que no. ¿Por eso he de pagar? ¿O por eso no me dejas pagar? ¿Hoy que no me ves ni me hablas, me escuchas para abajo? Pero. Atiende. De favor atiende. Aunque no respondas y no hables y... y... y no respondas. Atiende tú esta vez. La botella la dejó el padre que quería Royón y no Rawah, que desde entonces fermenta alcohol, o lo trafica, o, quizá es que sólo lo compra. Y Tío bebió tanto que pensamos que... algunos dijeron que moriría. Y al beber, lucidi... luci-dez. Un momento de lucidez en Tío. Un momento. Arrastraba la lengua, pero al fin hablaba su cabeza. Por primera vez en veinte años hablaba su cabeza. A ti, que no has estado, te costará entenderlo, aunque si escuchas, habrás de creerme. Tío, borracho, habló con la cabeza. Lucidez. Supo ahí, o se recordó ahí, que yo no era tú, que ya separados. Se recordó que éramos dos. Vio pronto que lo tuyo está podrido. Preguntó... ¡Atiende! ¡Preguntó si te he pagado! Tan, tan... tan fulminante. Sus ojos. Tienes que recordar sus ojos. Esos ojos que son una plegaria. Y cómo quieres, cómo esperas, cómo, cómo, ¡cómo!, que le explique la verdad a Tío. ¡Cómo! *Lucidité.* ¡Maldita lucidez! Y tú, empalagado, atascado de mis ruegos, sentado en una plaza europea, viendo la façada... fachada de una iglesia, con dos rubias a las piernas, bebiendo coñac, leyendo a tu Nissshhh. Y yo, atascado de culpa. Lío Tío. Camello camellero. Sí, hay cielos que no abrirán. Y bajo ellos habremos de vivir aunque no abran, aunque cierren más. Tu peor legado desde que huiste: esa culpa que hiciste mía. Atiende. La culpa que es lo único que no se debería de poder traspasar o heredar. Yo con Tío en contra, yo torturado por sus ojos, yo aplastado... yo... yo... yo... juzgándome, decepcionado de mí. ¡Yo te tengo que pagar! Por favor, *haiati.* Ya. Sólo eso. Ya. Aquí, Faisal.

15

¿Cómo medir nuestra mediocridad? Quizá por nuestra incapacidad para tomar decisiones, por nuestra inclinación a que las circunstancias se ocupen por nosotros, por nuestro empecinamiento en que la no-decisión y la indecisión siempre tengan la última palabra.

¿Si no hubiera pretendido ser escritor? ¿Si hubiera tenido más talento? ¿O si hubiera tenido menos, pero con algo de suerte? ¿Si alguna vaca sagrada del medio hubiera consagrado mi obra? ¿Si no hubiera ido a esa hora al museo en Londres? ¿Y si Rodión hubiera ido antes o después? ¿Y si la novela que ahí decidí enlatar, estaba para algo? O mejor: ¿Si yo mismo no hubiera existido? ¿O si mis antepasados no hubieran llegado a esta tierra? ¿O si tal guerra no la hubiera ganado quien la ganó, y tal descubrimiento, y tal accidente histórico, y tantos Gavrilos, tantos cambios, tantas carambolas que alteraron el azar para que esté aquí, perseguido y perseguidor, cercado, sometido?

Cada episodio, por añejo o lejano que sea, visto en función de mi desastre: porque cualquier pequeño detalle habría bastado para que yo no esté como hoy estoy —o para que estuviera incluso peor o de plano no estuviera.

Más fácil elucubrar miles de preguntas y hubieras que animarme a hallar remedio. Y a falta de remedio, me ocupo de la antología que desde Azerbaiyán no es lo que pensaba, pero por fin es. Al tiempo, me persiguen, me quieren glorificar, me quieren dar hoy lo que antes anhelé, justo cuando ya no estoy dispuesto a recibirlo y, mucho menos, por motivos ajenos a mis difuntas páginas. Al tiempo, he recorrido varias ex repúblicas soviéticas, y Borya no aparece.

Arcadas de realidad, creo que ya les he llamado así. Esas arcadas con las que te descubres protagonista de una farsa. Esas arcadas de desencanto, ese aterrizaje forzado en el aquí y ahora. Por eso debió de ser que caí en Waterloo: ¿he hablado ya de eso? Sucede que he hablado mucho de poco y nada de lo demás; yo, inconsumado hombre de letras, me repito, me confundo, me extravío narrativamente, me debato contra mi mente y mis maquinaciones en aras de una versión definitiva.

Y a propósito de esa utópica versión definitiva, lo que siguió a mi desplome en la estación ya la hace poco factible: tres testigos dieron versiones distintas a los paramédicos.

La mesera asiática declaró que algunos de quienes ahí consumían (francamente, no recuerdo a más clientes que el grandote y el mentor), se ocuparon de mí, me tomaron el pulso, apretaron con una servilleta el punto en que me había abierto la cabeza, me dieron a oler alcohol de un vaso (no es descartable que ahí escuchara el patronímico Alexiévich para Borya o el apodo/nombre Bog para el mentor; no es descartable ni constatable, porque, vale la pena recordar, yo estaba desmayado).

El del expendio de los periódicos y las postales que derribé, refirió que fue él quien me descubrió tirado tras haber ido a acomodar no sé qué cosas, que probablemente estuve en el suelo más de cinco minutos, que antes de su aparición nadie me pudo haber atendido porque él lo hubiera visto, que curiosamente esa postal de Harry (¿quién manda todavía hoy postales?) es la más vendida.

Un estudiante, probablemente por abordar un tren demorado a Portsmouth o Plymouth, explicó que fue el maestro de su grupo el que llamó a los paramédicos y nadie más me reanimó, que me oyeron delirar, que un alumno español tradujo algo que yo habría gritado sobre un toro embistiendo a un torero que repentinamente se quedó ciego.

Como sea fui llevado en camilla a una especie de enfermería o sala de emergencias y una vez estabilizado (mucho decir, desde entonces no lo estoy), se me encomendó a irme a reposar al hotel donde me hospedaba.

Contrario a la indicación, de inmediato volví a la explanada de la estación, con una gasa pegada a la nuca. No hallé rastro del mentor ni del grandote, y la mesera asiática ya había terminado su turno (quizá por ello se apresuró a que los rijosos liquidaran la cuenta).

Vi venir, y de eso no tengo duda, a la mujer que antes acompañaba por la ribera norte del Támesis a Rodión, con la misma ropa y el cabello ahora agarrado por una liga. Cruzamos tensas miradas y desperdicié un primer instante en que debí de haberle hablado entre la multitud, quizá ahí habríamos pasado desapercibidos y todo hubiera sido diferente: como siempre en mi vida, pospuse; otra vez la indecisión como síntoma de mi mediocridad y causa de mi fatalismo.

Metros después, sentí que me evitaba y pensé que luego de lo del puente, de mi grito por Rodión, de la consiguiente reprimenda del mentor, razones no le faltarían. La seguí. Bajábamos en una larguísima escalera eléctrica, ante cuadros que anunciaban las obras de teatro del West End.

Me sorprendí al sentir que me miraba con el hartazgo de la mujer acosada recurrentemente en el transporte público y no con miedo, inclusive había algo de flojera en su cabeza negando hacia mis aproximaciones. Daba vueltas para perderme.

Subí a un tren tras ella, sin siquiera poder ver hacia dónde iba o en qué plataforma estábamos. La tomé con sutileza del hombro izquierdo y le pregunté por Rodión; hizo una mueca y se zafó de mi mano con un movimiento de espalda que le ciñó el vestido como más temprano, revelando el cuerpo que refutaba a la cara de niña. Saltó rápido a otro vagón y, ahora de espaldas, le hablé de mi preocupación por el niño pintor, por su castigo, por su talento; farfulló alguna frase inentendible más por su escaso volumen que por el idioma o la velocidad. Quise darle confianza insistiendo que estaba de su parte, que sólo necesitaba entenderle: la naturaleza de su relación con el mentor, si Rodión es su hijo, si los derechos de un niño. Subió las manos como si no quisiera tener nada que ver con mis palabras, al tiempo que cruzó (y yo tras ella) al vagón restaurante. Aceleró el paso, se me adelantó cuando alguien, entre los dos, tardó subiendo su portafolios a la cavidad de equipaje. Recuperé su visión de espaldas en la sección de primera clase. Mientras corría hacia ella, grité que si conocía a Borya.

Recuerdo sus ojos muy claros, tapados por unos cabellos escapados de la liga, llenos de sorpresa y fijos por única vez en mí. Recuerdo también que tres o más personas ya sentadas me contemplaron intimidantes. Recuerdo que ella se limitó a decirme en tono muy bajo, despejando de su frente los rubios sueltos (ahí creo que pude ver la marca de un golpe), ahora sí espantada y suplicante: *"please, please, please no"*. Recuerdo a un par de personas que en tan inoportuno momento acomodaban varias piezas de equipo de televisión en el tren, comunicándose con muchos decibeles el que ya estaba a bordo (sin cabello) con el que continuaba abajo (con larguísimo cabello). Recuerdo que saqué un pedazo de pintura de Rodión para enseñárselo a la mujer. Recuerdo un par de segundos más de silencio y quizá, sólo quizá, que a mis espaldas, alguien llamó a Oksana o a Roxanna.

Recuerdo eso y, como si la grabadora se hubiese quedado sin capacidad de almacenamiento, no recuerdo más. Ahí se borra todo. Ahí no hay caja negra que revele o aclare. Ahí, el horror y la resignación de la nada.

Lo siguiente fue despertar de madrugada en un tren hacia el sur de Inglaterra, con la boca sequísima y dolores en cada

70

articulación como si hubiera sido apaleado. Agarrada a mi espalda estaba mi mochila que de alguna forma fue recuperada de mi hotel, empacada y traída a la estación para en mi sueño colgármela. Más tarde comprobaría que me faltaban artículos como cámara de fotos, teléfono, todos los implementos de higiene, una libreta y, evidentemente, la totalidad del dinero que había dividido en tres diferentes sitios, no así la computadora ni mis hojas impresas, en las que no habrán encontrado amenaza o provecho alguno.

En la mesa sobre la que estaba recargada mi cabeza al despertar, descansaba el boleto de tren (recapacité en que no salió de Waterloo sino de la estación St. Pancras: ¿cómo carajos me movieron inconsciente por la ciudad?) y una mal pintada matrioshka con rostros de escritores rusos: de mayor a menor tamaño, Dostoyevski, Tolstói, Pushkin, Gógol y Brodski, éste último con un cuerpo de cerdo sobrepuesto bajo su amable y distraído semblante.

"¡Qué bello dormías! Debo decir que nunca había visto a alguien dormir con tanta belleza", me dijo un personaje de cabeza rapada, con uniforme del West Ham, rodeado de al menos diez latas de cerveza aplastadas y despidiendo un agrio hedor a alcohol. Pensé que era un hooligan que se burlaba y buscaba pelea para entretenerse en el camino a donde fuera. En mi estado de confusión y sedación, con mi mente rastreando pistas de lo que me había aventado en ese vagón de desconocido destino, con dudas respecto a si continuaba dormido, era lo último que necesitaba. No atiné a decirle más que, "¿De verdad te parece?", mientras por accidente sentí mi pasaporte en la bolsa interior de la gabardina y respiré consolado. Replicó con una rima cockney que incrementó la psicodelia del momento: *Feel a bit Pat and Mick?*".

Antes de analizar sus extrañas palabras o preguntar por el tal Pat (¿Sherwood o Shervat, el de la City?), recordé con estupefacción que el pasaporte no iba conmigo cuando desperté esa mañana, cuando fui al museo, cuando subí al puente, cuando caí en la estación, cuando salí de los paramédicos, cuando me perdí en el tren. ¿Habían tenido la delicadeza de abrir la caja de seguridad de mi hotel y cerciorarse de que no me olvidara de nada? ¿O fui yo quien recogió la maleta, mis pertenencias tan pulcramente dobladas, mi pasaporte? La imposibilidad de tejer una línea del tiempo.

No hubo mal sueño, no hubo resabio de alguna pesadilla, no hubo más que despertar con el cuello engarrotado. Hubo, sí y sobre todo, muchísima sed; una indescriptible aridez que empezaba en los labios y perforaba mis entrañas. Una sequedad que no había conocido nunca antes.

A los pocos minutos, cuando el del West Ham me aclaraba que su *Pat and Mick* significa *sick* y que lo dijo porque me veía enfermo, se anunció la próxima llegada al puerto de Dover. Repitió queriendo poner rostro tierno: "dormías muy bonito".

Bajé del tren caminando como si supiera el sitio hacia el que me dirigía o la razón que ahí me llevaba. Estaba mareado, me dolían las sienes. Trataba de ordenar los flashazos del día anterior, separar la alucinación de lo realmente acontecido. En mi desconcierto, no me preocupaba por ver a los lados, en revisar si era perseguido, en buscar a Rodion o Rodin, en perseguir Boryas o Bogdans, en ansiar Oksanas o Roxannas, en definir quién me había sacado de Londres con todas mis cosas a cuestas, con obvia intención de que ya no tuviera necesidad ni ganas de volver.

Quise sacar dinero de un cajero automático, pero extrañísimamente había olvidado la contraseña: una vez, dos veces, hasta que a la tercera o cuarta fue bloqueada mi tarjeta.

Frente a la estación, rodeado por ingleses entusiasmados por cruzar a la Europa continental y franceses que a su llegada a las islas británicas rogaban por una contraseña de internet, pagué con tarjeta de crédito un *full english breakfast*. Mientras me lo traían, entré al baño del pub a revisarme el cuerpo: ¿alguna cicatriz, algún rastro de robo de órganos, cualquier indicio de golpes al margen del que sufrí más temprano en la nuca? No había daño aparente, pero cómo resignarme a ser títere de alguien que te empaca y despacha, cómo convertirme en bufón del peor teatro del absurdo, por no pensar en el mensaje de la matrioshka, que para eso ya habría tiempo, y esa urgentísima sed. Mi garganta era un suplicio cada que intentaba tragar: los frijoles de lata, los aguados huevos, los champiñones mal cocidos, los embutidos de no sé qué, sobre todo la *hash brown* y los *scones* que me hicieron sentir que se trabarían a medio tracto, que terminarían por ahogarme.

Un pelirrojo que fuera del pub ondeaba una bandera inglesa con la leyenda *Refugees Not Welcome*, me vio con desprecio. Entró y se sentó con el del West Ham, de cuya existencia yo ya me había olvidado: ¿qué sucedía en la realidad y qué en la alucinación?

Al instante vino a mi mesa una enérgica mujer y pegó en la mano o el brazo del pelirrojo una calcomanía que decía *Open Dover. Open Europe*. Me invitó una pinta de cerveza ligera que tampoco pude tragar, como si incluyera trozos de metal: ¿qué demonios pasaba con mi boca, mis encías, mi paladar, mi lengua, mi faringe o laringe (nunca he sabido cuál es cuál)? Todo era sed y sequedad. Todo era cerrazón, malestar, obstrucción.

"¿Cómo llegaste a Dover? Háblame de tu dolor", me dijo la mujer, apretándome la muñeca de la mano derecha. Tal vez no supe responder o, acaso, no me atreví a hacerlo. Cada que iba a empezar a hablar, asumía que no valía la pena, que igual no sería entendido, que no tenía suficiente energía para llegar a comunicarme, que me daba mucha vergüenza.

Sin sentir lágrimas bajando de mis ojos, lloraba, me privaba, me dolía la tensión de la quijada a cada gimoteo. Me dijo, no recuerdo en qué idioma, que no me preocupara, que por favor no me preocupara, que no me preocupara. Mi silencio se prolongaba por mucho que ella hablara en voz baja y dulce: "¿De qué huyes? ¿Qué te han hecho?". Quise toser, pero era inútil, ni eso me permitía la garganta, el martirio crecía.

Intentó por vía escrita, escribió en un pedazo arrugado de hoja que guardé y luego perdí: Nada de qué preocuparte, ya estás seguro, te ayudaremos a empezar una vida nueva, lo peor ha pasado, lucharemos porque te quedes. Eso me hizo recordar los trozos de papel que recogí en el puente: habían desaparecido de la bolsa trasera de mi pantalón.

Entré en pánico. Me levanté de la mesa y corrí hacia la calle. Nunca me había pesado tanto la cabeza. Mis pies necesitaban enmarañadas instrucciones para moverse. Sentía que mis torpes brazos le pertenecían a otro. Chocaba contra la gente. Tropecé y no podía levantarme. Me molestaba el sol que ya atacaba frontal a mi cara. Todavía no podía tragar y temía que en cualquier momento me ahogaría.

La mujer me siguió y apartó con un rugido al pelirrojo de la bandera con la cruz de san Jorge que me gritaba que volviera a mi infierno. Tuve que haber murmurado algo en español, porque ahora ella repetía en mi idioma: "No se preocupe. No se preocupe. No se preocupe".

Finalmente bajé a una playa y me senté en sus heladas arenas. El día era despejado y creí ver Francia a la distancia, como si estuviera a bordo de la balsa de piedra de Saramago que se alejaba. Me quedé dormido, abrazado en posición fetal a mi bolso y agarrando al Dostoyevski de la matrioshka como si fuera mi peluche.

Horas después, quise creer que abría los ojos en Londres o, mejor incluso, de vuelta en mi país. Primero pensé que me había despertado el graznido de alguna gaviota, pero en realidad era el sonido de un celular, a un par de metros, que no atendí a tiempo.

Decidí que llamaba Borya, nombre que había conocido apenas unas horas antes y bajo el que me descubrí sin remedio a mí mismo. Decidí que al no alcanzar a responder, había cortado el último listón hacia ese autor que nunca se leyó. Decidí también que, en mi mediocridad, algún desconocido y en idioma desconocido, lo había remediado todo: alguien al fin había decidido por mí, alguien al fin había atajado mi indecisión, alguien en lo alto me convertía en su estúpida marioneta.

Me quité la cobija con la que misteriosamente fui arropado y, estoico, acepté como destino a la antología.

16

Y como no contestarás, y como hablo solo, y como… Bien: entonces hagamos una *fable*, una fab… fábula… una fábula como las de La Fontaine, de esas que nos leía Tío. Así hago cuna a Rawah, que sufre para dormir igual que yo. Habil y Qabil, Ishaq e Ismail, Isaw y Jaqub, o para ti que ya eres de Europa, Abel y Caín, Isaac e Ismael, Esaú y Jacobo, si quieres hasta Rómulo y Remo, o cualquiera de tus reyes ingleses y Burabunes, Bourbones, Borbones, o como les digas donde estés con esas rubias escotadas sobre tus piernas.

Lo único importante es que la envidia haya sido más fuerte que la sangre. Que se hayan separado. Rencor. *L'avarice*, avaricia. Atiende. ¡Avaricia! Resentir… ¿Y quién sería yo? ¿Habil o Qabil? Igual no contestarás, pero esa es tu asignatura antes de la siguiente llamada, es tu *devoir à la maison*, la tarea que disfrutabas y hacías perfecta tú, siempre mejor que yo, *enfant modèle*: que pienses quién eres, que pienses quién soy. Atiende. ¿Isaw y Jaqub? Tu silencio, tu crimen; mis palabras, tu castigo. ¿Ishaq o Ismail? Basta… Aquí, Fai… ¡Atiende! Me iba porque Rawah se había dormido, pero el maldito reflujo la ha despertado de nuevo. Que su intestino tardará en madurar… supongo que una parte de todos tarda en madurar y otra nunca madura. ¿La tuya? ¿El perdón, la humildad, la compasión? Otro *devoir à la maison*, que pienses cuál… ¡Atiende! Ni siquiera he dicho la fábula pero dos etapas bastarán para que te recuerdes: la primera, incondicionalidad y amor; la segunda, abandono y traición. Me iba sin mencionar en esta fábula a un animal y Tío decía que siempre tiene que haber un animal. "Lo que el lobo llora, es alimento para el zorro". *Bon appetit, mon frère.* Aquí, Faisal.

17

Lo primero que anhelé al descubrirme en esa playa, antes de reparar en que la cobija que me arropaba tenía ese sello de *Open Dover. Open Europe,* antes incluso de ver que a mi lado era azotada por la brisa una pancarta que decía *I'm Human, not Animal,* fue que Borya (si vive o ha vivido) estuviera llamando al celular abandonado.

Lo segundo, una vez más consciente, que las veinticuatro horas previas no hubiesen existido, que fueran la más bendita de las pesadillas de mi vida: saltar en la cama envuelto en sudores fríos y reincorporar, como si nada, a la realidad.

Esa idea, como hasta antes casi todas, me dio alguna reflexión para mi difunta historia y la necesidad de tomar notas, renuente a recordar que la novela ya era material de forense, como yo mismo. No es fácil acostumbrar al subconsciente a que uno ha dejado de ser lo que siempre intentó ser, eso toma demasiados ciclos de reeducación y resistencia.

Mientras notaba que mi dedo índice izquierdo olía a todo menos a mí, me percaté de que Francia ya no era visible al otro lado del mar: la balsa navegaba hacia la soledad de los mares. Mi boca continuaba desgarradoramente seca y me sentía incluso más cansado que al bajar del tren, una resaca que llegó para quedarse. Tenía la marca de un golpe en el codo izquierdo que no recordaba haber descubierto cuando me revisé en el espejo del baño. Parecía una patada reciente, aunque, bajo tal circunstancia, no hacía gran diferencia un dolor de menos o de más.

Continuamente se reproducía en mi memoria, en un rincón de ese cuarto que con los años mi mente ha repintado de azul, la voz de mi padre: "no llores más, las pesadillas son maravillosas; no temas más, las pesadillas son magia; no llores más, las pesadillas son alivio; no son, no fueron; no son, no serán". Nunca me cantó, pero por mi mente los versos desfilaban más como armónico estribillo que como discurso.

Esta pesadilla sí era, sí había sido, sí seguiría siendo, sin rescate posible al despertar. Mi padre que, como la madre de Borya, habría sido mi primer lector. Mi padre que, como Oksana o Roxanna con Rodión, habría sido el primer defraudado no por mi fracaso, sino por mi desolación: tirado en una playa de Dover, narcotizado, pateado en el codo por nunca sabré quién, manchado de viejos vómitos, con la cabeza suturada, sin idea de qué y por qué me llevaron hasta ahí; incapaz de sublevarme ante ese siniestro destino que me trepaba en trenes y mudaba de ciudad, que me manipulaba y ninguneaba.

Y seguía la catarata de recuerdos de mi padre en ese cuarto azulado por los años: "No son, no fueron; no son, no serán. No llores más, las pesadillas son maravillosas; no temas más, las pesadillas son magia…"; al tiempo, negaba con la cabeza, respiraba muy hondo y ahora sí sentía que mi rostro era surcado por lagrimones, me acunaba en posición fetal.

Quise recordar un lejano día en que caminaba con mi padre —o será que en tan traumático momento me lo inventé, no es poco lo que nos inventamos para consolarnos o para azotarnos, para justificarnos o para acusarnos.

Tendría no más de diez años. Yo, berrinchudo y malcriado, le repetía: "¡quiero algo!"; él, impotente y empecinado, buscaba con ansias ese algo, se culpaba por no tener la perspicacia para darme lo que yo no sabía pedir ni describir.

El bebé se sirve del mismo llanto para exigir leche, abrigo, cambio de pañal, hasta medicamento para el reflujo que no lo deja dormir, y aun así, pronto consigue ser interpretado, ya por intuición o por eliminación. Conforme pasan los años, ese llanto, disfrazado de un quimérico e indefinible algo, se hace más difícil de saciar. En esa playa inglesa pensé —y de nuevo pienso mientras esto escribo un tiempo después, aunque tampoco tanto— que si en mi padre hubiera estado, me habría comprado miles de lectores y, de no bastar, millones de las mejores letras: lo que fuera con tal de tenerme en paz, lo que fuera con tal de convertir la realidad de esas veinticuatro horas en vil pesadilla y su despertar en medicina, lo que fuera con tal de hallar respuesta a mi imperativa ansiedad de algo.

Sin darme cuenta jugaba con la matrioshka de los escritores, llenándome las manos de polvo de madera que se mezclaba con arena, cuando un sonido de trompetas y percusiones me devolvió al presente. Era una banda de guardias de la reina, con todo y sus gorros de *beafeaters*, avanzando por la calle costera. Lo extraño es que no entonaban alguna de sus clásicas marchas militares o sinfonías de desfile, sino la ochentera *Don't stop believin'* de Journey.

Demasiado optimismo en su coro y melodía para una playa, apenas entonces alcé la mirada y percibí, llena de personas vestidas con harapos; algunas recién salidas del agua, otras inciertas de si serían mandadas de regreso a sus convulsos sitios de origen, discutían por avanzar unas antes que otras, a sabiendas de que cualquiera podía ser el último aceptado o el primer rechazado. Sólo un individuo de mirada inerte se limitaba a oler una bolsa con pistaches y especias, repitiendo en francés una especie de mantra, "Olvidar tu olor es olvidarme a mí. Olvidar tu olor es olvidarme a mí. Olvidar tu olor es olvidarme a mí. Olvidar tu olor es olvidarme a mí".

Me mimeticé como nunca lo había hecho y me sentí parte de esa masa de rechazados, de vulnerables, de atropellados.

Tapizado de arena, no me avergonzaba ser contemplado llorando y compadecido. *I'm Human, not Animal,* aunque no lo pareciera.

¿Días o semanas después? No tengo idea ni hace falta tenerla, pero recapitulé lo anterior sentado en un karaoke de Bakú. Vuelvo a saltar en el tiempo.

Tras el *hammam,* Vugar me llevó por una copa y eligió cantar precisamente esa mentada canción, que el hombrecillo que antes llevaba la trusa, bailaba con los dos brazos en alto, como si festejara un gol.

El más extraño destino decidió que, entre canciones alternadas en ruso y azerí, la primera en inglés fuera esa, solicitada nada menos que por mi acompañante y entonada con su espesura escocesa.

A continuación, una mesa de empresarios, posiblemente vinculados al petróleo, pidió cantar el himno ruso, lo que se me hizo raro pero pareció perfectamente normal a todos en la sala. "Es el mismo himno que el soviético, sólo le modificaron los versos", aclaró Vugar al ver mi gesto y antes de que se lo alcanzara a preguntar. Lo tararee con un entusiasmo que a mí mismo me sorprendió, sin inmutarme por los errores obvios de quien ignora lo que tararea y pretende apoyarse en un monitor con enunciados en un alfabeto casi desconocido; poco a poco fui subiendo la voz de la mano de los acordes, me dejé llevar como si estuviera en el concierto de la banda favorita de mi adolescencia o como si de mi patria se tratara, no me importó desconocer la totalidad de las palabras ni su significado. ¿Cómo se canta con fervor lo que no se conoce? Como sea, esa extraña noche lo logré.

El mismo grupo petrolero pidió otra pieza y ahora me pareció escuchar o leer algo sobre un tal Bug o Vug. Vugar, poniéndose la boina en señal de que nos íbamos, se limitó a decirme un hermético *later* que en él sonaba a *laite.*

De camino a la puerta, di un rodeo creyendo divisar sentada, con demasiado maquillaje y provocativa ombliguera, a Oksana o Roxanna. Desde el Támesis, desde Waterloo, desde aquel tren donde todo se borró tantísimos meses atrás, había fantaseado incontables veces con ese momento, puede ser que lo haya soñado en cada uno de los países por los que pasé antes de Azerbaiyán, puede ser que hasta lo haya recreado con cara de idiota ante un espejo: lo que le diría y lo que le preguntaría, cómo la apoyaría y cómo me comportaría, lo que ella a su vez me explicaría y respondería, cómo mostraría soltura y calidez. Sin embargo, cada paso hacia su mesa me hacía olvidar mi trillado y tan estudiado libreto, sumiéndome en un estado de consternación, de desilusión, de hundimiento total.

Quise persuadirme, tal vez como consuelo por no saber cómo actuar o por dónde empezar, de que esa chica en Bakú era más voluptuosa que la madre de Rodión (puesto a ser sincero, creo que tenía ojos obscuros, pero eso también pudo ser efecto del reflejo de un monitor con la letra cirílica o azerí de la canción de Bug o Vug). Si al menos se hubiese llevado el índice izquierdo a la nariz o me hubiera rechazado como en la estación cuando pensaba que la acosaba, cualquier pista o patrón de confirmación. No. Percibí un olor idéntico, mas no podía ser: Oksana o Roxanna era mucho más delgada, como aniñada, sin tan imponentes… pero luego recuerdo que cada que la vi en Londres, brotó un ángulo que me reveló sus curvas y formas.

Tardé en notar lo que descansaba sobre su mesa, formando una especie de rombo alrededor de la botella que, ahora pienso, más parecía champaña que vodka: una matrioshka de no menos de quince piezas, mucho más grande y estilizada que la mía de los escritores. Vladimir Putin medía no menos de treinta centímetros, y seguían hacia abajo Medvedev, Yeltsin, Gorbachev, Brezhnev, Jrushchov, Stalin, Lenin, más varios zares que, por su tamaño, no identifiqué; tampoco distinguí si alguno tenía pegada la calcomanía de un cuerpo de cerdo, aunque puede ser que Gorbachev o Nicolás II… no, ya estoy improvisando y sobre los temas delicados es recomendable caminar seguros aunque sea de nuestra falta de certezas. Negamos por ahora que alguno tuviese la misma reconversión porcina que mi pequeño Brodsky.

El de la trusa vino por mí y me llevó hacia la puerta, sosteniéndome de la mano como si fuera un niño perdido o un borracho al borde del colapso. A la salida me mostró orgulloso que había sustraído de la mesa la menor de las piezas de la matrioshka. Me la regaló diciendo "tzalut", al tiempo que se tapaba la boca con toda la mano y señalaba cómicamente a Vugar, rogaba que no lo fuera a acusar. Pasaron unos segundos hasta que, por las minúsculas letras, deduje que era Iván el Terrible y me fijé en que no llevaba cuerpo de cerdo.

Deseaba que Vugar hubiera visto la matrioshka para que me diera esa respuesta para la que no hallaba pregunta, incluso iba decidido a mencionarle a Oksana o Roxanna, pero, una vez reencontrados ante el coche, con mi nariz llenándose de una brisa olorosa a petróleo mezclado con sal, se refirió al último tema del que hablamos antes de separarnos en el karaoke: "Bug. Esa canción no trata sobre una persona. Es sobre el río Bug en Bielorrusia, en Ucrania, hasta Polonia". Buscaba en mi cabeza las palabras para pedirle detalles de la relación de su nombre con ese río, pero antes de que las eligiera, cuando tartamudeaba en el peor inglés que jamás he hablado, sentenció que no, que llevan caracteres distintos, que, además, Vugar no es un nombre eslavo.

Mientras abría la puerta del coche, detectó que fruncí el ceño y con su exasperante don de anticipación, explicó que el río Bug tampoco se relaciona con *bog*, que es dios en ruso; ejemplificó, y puede ser que lo haya hecho molesto conmigo o sólo sorprendido: "en el himno que acabas de aullar, dijiste Bog: *Khranímaya Bógom, rodnaya zemli*á!, "Mi tierra natal, protegida por Dios". Añadió críptoco, "No será fácil, pero ya tendrás que memorizártelo". Quise contestar que no sabía ni lo que cantaba, mas no hallé cómo hacerlo y, quizá al ver que me tensaba, el de la trusa alivió mi cuello con un apretón a dos manos de impecable ejecución.

Tras un silencio incómodo, en el que no sabía si debía disculparme por algo y me mortificaba estar perdiendo el tiempo sin hablar sobre la matrioshka de los líderes o, más importante, sobre la Oksana o Roxanna que ahora estaba convencido de haber visto, Vugar afirmó que ese río eslavo se escribe como insecto en inglés: *bug*, y por poner un ejemplo, zanjó sardónico: *literary bug, as bloody blasted blankety-blank Ruslán Eruslánovich Rusieshvili: literary bug, that poet.*

Avanzábamos pegados al mar Caspio y yo tenía la mente atorada en la expresión *blankety-blank* (¿dónde demonios la había leído antes?), con profundo remordimiento por no estar pensando en la presunta Oksana o Roxanna. Enardecido y decepcionado de mí mismo, retomé en silencio las preguntas importantes: ¿Por qué no estaba corriendo de vuelta al karaoke para cerciorarme de si era ella?, ¿por qué permitía, como tiempo antes en Waterloo, que me alejaran?, ¿por qué sucumbía estoico ante mi oráculo?, ¿por qué ponía tan poca resistencia, por qué era tan dócil al ser ahuyentado, por qué permitía que todos menos yo decidieran?, ¿por qué corté otra vez el hilo hacia Borya y Rodión?, ¿por qué daba por hecho que era ella, si claramente los ojos y el cuerpo, hasta el estilo de ropa y arreglo, eran de otra?

Otras preguntas colapsaban mi cabeza (¿es posible sentir idéntica excitación, idéntico escalofrío, idéntico estremecimiento ante dos mujeres distintas, como aparentemente me había sucedido?, ¿pudo ser que despidieran la misma fragancia o era yo el que les atribuía olor con mis fantasías?), cuando escuché a Vugar dirigirse con serenidad al que más temprano había vestido la trusa y luego su bata amarilla. El hombrecito, a su vez, respondió con angustia y girando la cabeza para mirar hacia atrás sin disimulo. Laberinto de espejos en el que entiendes que eres perseguido mientras avanzas con quien antes te perseguía, sin siquiera haber aclarado qué rol desempeña cada quien en la historia.

En un paso a desnivel, el del *hammam* brincó del coche y seguí abordo con Vugar, que cada vez aceleraba más. Sostenía una llamada telefónica en azerí (¿o turco?) a través del altoparlante y yo, sumiso, sentado atrás, no cuestionaba ni rebatía, sólo captaba desde el interlocutor una abusiva repetición de la palabra *cool*. En cierto punto brincaron al alemán (¿u otra lengua germánica?), aunque pudo ser que al notar que de algo me llegaría a enterar, regresaran al idioma local. Pronto vi una señalización que confirmaba mis sospechas: nos acercábamos al aeropuerto Heydar Aliyev. Me iba de Azerbaiyán.

En todo momento y hasta que despegué, Vugar estuvo conmigo, haciendo por mí los trámites de salida como si yo nunca hubiera volado, ocupándose de comprarme comida y decirme en dónde esperar sentado, siendo mi sombra hasta en el baño, justo donde reapareció el de la trusa. Entendí que había ido a mi hotel a recoger mis pertenencias, recuperando mi pasaporte de la caja de seguridad (debí de darle la contraseña, pero al paso del tiempo y acaso producto de las prisas, no recuerdo haberlo hecho; ¿cómo hacerlo si no sabía que yo dejaba Bakú y que él iría a mi habitación?).

Al menos esta vez no faltaba nada en mi equipaje e inclusive Vugar (o el hombrecillo, u Oksana o Roxanna, o alguien, quien sea), me puso dos mil dólares en efectivo y un frasco del costoso caviar sevruga en la mochila. Lo que volví a perder fueron mis artículos de higiene (o, más bien, los frascos con líquidos), que el propio Vugar tiró al basurero antes de que pasáramos juntos (mas él sin tener boleto) el filtro de seguridad.

No sé por qué, pero lejos de cuestionarlo, aprecié mucho que Vugar no indagara quién podía estarme persiguiendo. Tampoco sé por qué no pedí explicaciones por mi súbita e involuntaria evacuación. Llegado a ese punto, no quería discutir el sentido de la matrioshka (confirmé que Iván el Terrible descansaba en la bolsa derecha de mi pantalón), ni, mucho menos, la veracidad o falsedad de Oksana o Roxanna.

Entendí que renunciaba a hablar del tema porque ya no conseguiría respuesta o temiendo que Vugar lo supiera mejor, como si yo fuera el protagonista de una novela que él ya había leído o que alevosamente sobre la marcha iba escribiendo. ¿Me seguía alguien de quienes me drogaron y empaquetaron en Londres?, ¿alguien del círculo del mentor?, ¿alguien vinculado a Borya?, ¿algún enemigo de la antología?, ¿alguien preocupado porque se leyese o enterrase el último ejemplar de Ruslán el delator?, ¿alguien cercano a la posible, aunque imposible, Oksana o Roxanna?, ¿alguna relación con Faisal, a propósito del mensaje que, el teléfono indicaba, acababa de recibir y todavía no había podido escuchar?

Desperté en el avión con sed y me acordé de Dover. Sólo entonces supe, en voz del piloto, en dónde aterrizaría. Tardé en reconocer la melodía que mis dedos tamborileaban en la cubierta de la ventana; al pensar en Dover, lo tuve claro: era *Don't stop believin'*.

18

Se avergüenza al verse en el espejo y admite: ese remordimiento durará para siempre; una vez escuchado el mensaje, todo habrá cambiado. ¿Éxito y fracaso, desarrollo y búsqueda, traumas de la infancia y delirios de la adultez, perseguidores y perseguidos, lectores y leídos? Comparado con lo que revelará Faisal, o con la revelación de lo que se teme Faisal, nada es, nada pesa, nada existe. Cada lágrima grabada ese día en su celular, se atorará punzocortante en su espina dorsal, le estigmatizará, le señalará. Palabras que, una vez recibidas, lo habrán enterrado entre escombros, lo habrán condenado a ya no salir limpio de la devastación.

No es religioso ni hace falta serlo para asimilar que ha profanado los mandamientos más esenciales, que ha orinado sobre la más elemental de las éticas, que haberlo hecho sin intención no lo exime —o no, mientras no lo remedie, y aun así, lo sabe: ante ese tribunal que es el espejo, ya siempre será tarde, eternamente tarde, la condena es definitiva cuando se asume que sin remedio nos perpetuaremos estando tarde.

Al tiempo, escucha esos enunciados cortados por gemidos y llanto; la voz de Faisal nunca brotó de tan hondo, nunca tan aguda, nunca tan trémula y desolada, nunca así.

Es incómodo ver a un extraño llorar. Es peor escucharlo e imaginar su rostro desconocido contorsionado; es aún peor, muchísimo peor, saberse causa del llanto en que se ahogan los intentos de oraciones.

Escuchará sobre rubias escotadas y pensará inevitablemente en la que ha perseguido; esa a la que, no es descabellado decirlo, ha usado como pretexto de las demás búsquedas y obsesiones, aunque llegado este nuevo mensaje, le cueste saber si le ha conocido escote alguno o, inclusive, si ella misma no es una invención.

Nuevo remordimiento: refugiar su mente tras la coraza de una lujuria disfrazada de ensoñación. Coraza desplomada por el "ahí" al que se referirá Faisal: "ahí", ese infierno con el que se toparon quienes pensaron que corrían hacia la sobrevivencia.

El sonido de turbinas de fondo, no te previene de escuchar esa sinfonía de tu culpa, esa versión en mensaje de audio de tu crimen y castigo.

No. No puedes ser tú. Tú, tan… Y ahí. Tú tan… Puffff…

Tan digno, tan culto, tan libros, tan, tan, tan *sophistiqué, illuminé, illustré…* Tan europeo. No. No. No… Puffff… ¡Mierda! No puedes ser tú uno de esos que terminan rechazados, confinados, hacinados. Tú, ahí. O, ¡el Glorioso no lo permita!, tú uno de los que no llegaron, tú uno de los que… El mar… Se tragó el mar. El mar. Pa, pa, pa, pa, pa… *Pathétique!*

¡Mierda! Yo no te veo ahí, yo no te puedo ver ahí, yo no te quiero ver ahí… No… Pero… Perdona, perdona, perdona tú que llore… Atiende…. Perdona que… Puffff… Yo…

Atiende… Yo era el fuerte, el que te… *Putain de merde! Pardon…* Perdón. Perdón. Perdón. *Je suis pathétique.* Que yo era el que no lloraba, que yo era… Y… Y si el mar, y si en el mar… No… El mar. Puffff… Todo se jodió. Todo se jodió. Todo. Todo. Todo. Todo. Todo se jodió. Y mis… *Putain… Désolé, mon frère.* Escucha a mí. *Tout est terminè, tout est fini.*

Podría ser yo el que ahí quedara, pudo ser Tío que vivía en el agua, podría ser cualquiera de los vecinos, que el Misericordioso, que al-Tawheed, que al-Aziz, que Allah cuide a Rawah... Porque... Porque he visto tiradas a personitas de su edad, de la edad de Rawah, en la playa... Ahogadas. En... En tu iluminada Europa, que tan humana, tan... En tu... En tu mierda... Porque he visto una foto que... Y pudo salir de aquí. Una foto que... Pero... Atiende... Perdona que yo... *Pathé-tique*, paté-tico... Pa, pa, pa, pa, pa, pa...

Como no contestas y veo noticias, y en el pueblo hay miedo, y dicen que quedaremos en medio de los que ya sabemos que son muy malos y los que dicen que son todavía mucho más malos... y, y, y... *Merde! Putain de merde!* ¡Atiende! ¡Atiende! ¡Atiende!

Todos son yendo... todos se están yendo de aquí. Esta peregrinación no va al cielo sino al infierno, no va a la fe sino al, al, al... a la resignación. De que todo ya es peor. De que... de que... de que... Tío decía a cada regresar: nadie se va por gusto. Y ellos. Cuando tienes casi nada, cuesta más dejarlo porque menos, porque, porque, porque jamás lo recuperarás. Hambrientos, pavorosos, disfrazan a sus niñas de hombres, disfrazan a sus jóvenes de niños, se quieren disfrazar a sí de piedras. Si te lo preguntas: aquí sigo y aquí seguiré. No me iré hasta no saber de ti. Este *fil de* contacto... este filo... este hilo de contacto hacia ti, no puede quedar sin salida ni llegada; si el hilo ya no sale de aquí, no llegará a ti... y por eso esperaré. No defraudaré a Tío otra vez, aunque no hable una vez más desde su cabeza. Por ti, me quedaré.

Y tú, con esas rubias escotadas, y tú haciendo fotos a catedrales, y tú jugando al *poète maudit*, po-eta maudito, leyendo, con tu habano en la mano, con aliento a coñac, leyendo, leyendo a uno de tus alemanes, a tu Fichhhhht, a tu Nishhhhh, o tu Rilllllllk, o… ¡Y no contestas, mierda! ¡Y no contestas! ¡Y no…! ¡Y no…! Puffff…Y sin dejar que te pague y sin dejar que descanse, y sin, sin, sin que te pague, y rencoroso de que lo tuyo aquí se haya jodido. ¡Y escondido en, en, en…! ¡¿En dónde?!

Como no contestas, y como tienes que estar vivo, y como mi mente no puede imaginar que… Puffff… Yo te cuento… Atiende. Lo diré. Atiende. Lo… Que tú eres mi hermano, mi hermano, mi… No eras, ¡eres! Tú sigues, sigues, sigues siendo mi hermano. Todavía. Es más fácil botar al que te unió la sangre que al que te uniste en días. ¿Kitsch, decías tú? Y todos éramos kitsch para ti. *La vie est kitsch. Mais… Comme on dit en espagnol?* Cursi… No sé si es igual, ¿cursi?, no, no es igual, pero… Atiende. Mi memoria… Tú sabes, siempre buena, buena, buena, el problema de cargarlo todo para todos lados en la cabeza. El problema mío porque, porque, porque… ¡Porque tú viajas tan ligero de pasado! Y mi memoria buena me lo trae aquí, justo aquí: que cuando tú llegaste, hermanos, *Il était automatique*, autom, auto-mático fue: hermanos que se enseñaron a caminar, y a pensar, y a reír y a, a, a… ¡Y ahora! Puffff…

No. No se borra eso ni con tu mierda de silencio. Mi hermano… Y que al mismo tiempo eres un, un, eres un auténtico hijo de… No… No te insultaré. Lo diría pero sabes que no lo sentiría. Basta, ¿qué digo? Yo sí lo sentiría, sí, sí que lo sentiría porque lo que has hecho, lo que sufro, lo que sufro, lo que mi mente imagina desde que vi esas fotos… Y el riesgo de quedarme sentado, viendo cómo llega la desgracia, esperando a la muerte; ayer, ayer, ya escuché balas ayer, se acercan y yo sentado esperándolos y esperándote, a ver quién llega primero, su bala o tu voz. Tu arrogancia. Tu abandono. Tu *violence silencieuse…* callada, violencia silenciosa, callada… Tu… pero no, no, no… Lo sentiría, pero no así. No te insultaré. Te necesito, te… te… te… ¡Te añoro! Aquello del *mal du pays*, tendría que afectar al que dejó su país y no al que se quedó: *mais, mais*, mas ahí tienes, que fue irte y convertirte en mi país, me has exiliado en mi país, en casa pero desplazado, porque casa sin ti ya no es casa, y porque tú…

¿Sabes? Por eso prefiero *homesickness*, que así estoy. O la palabra, ¿te recuerdas?, que nos decía Tío cuando una vez se volvió del mar, ¿te recuerdas?: saudade y lo pronunciaba *saudayi*… Nos daba misterio porque sonaba a algo negro en árabe, *asud, aswad, saudah, sudaa*, recitaba Tío como maestro de etimologías para asegurarnos que era palabra de origen árabe y que la nostalgia era tan obscura como de propiedad mediterránea. Y nosotros jugábamos futbol en el desierto llamando a nuestro equipo *saudayi*, y con el uniforme negro que… Y… Tu *Mal du pays* que es mi *homesickness*.

Esperar y perdonar… Esperar o perdonar. Ojalá. Pero esperar. Aunque después de hoy para siempre ya va a ser demasiado tarde para escapar.

¿Lo nuestro ha sido *performance ou de la poésie?* Fiasco.

Tío siempre te prefirió. Dijiste… Escucha a mí, dijiste: que envidia eran celos… y que celos es amor *et, et, et,* que celos también odio… y que los celos son un vendaje… Esa palabra *bande, bandeau… bandeau?… Blindfold!… blindfold? Blindfold!* ¿Los celos como ceguera o la ceguera como indiferencia?

Otra *devoir à la maison*, ruego que… ruego que… Puffff… Ruego que todavía estés para hacerla. ¿Vives, *mon frère?* Ruego, rezo, tienes que seguir ahí y tienes que poder volver o contestar para… todavía, tienes que, que, que… *Insha'Allah*. Tienes que estar vivo y si lo estás, aquí tu tarea: que te recuerdes de un momento en tu vida hasta hace menos de un año, el peor año, en el que no haya estado yo.

Hazlo. Por favor hazlo. Hazlo. Haz… Buscarás en vano, no, no, no, no lo hallarás. Sólo entonces, ¡atiende!, contestarás. Y sólo entonces, ¡atiende!, me cobrarás. Y sólo entonces, ¡atiende!, me liberarás. Tengo… Tengo… Mucho miedo. Tengo mucho miedo por ti. Tengo miedo de mí. Y no encontrarás en tu vida ese momento en que no esté yo. Y… Puffff… Y yo no encuentro uno en que no estés tú y yo tengo miedo de que ya no estés tú.

Puffff…

Tout est terminè. C'est vrai, shaqiq? Es así, ¿hermano?

Y yo no puedo. No puedo. No puedo. No más ya: dime que ahí tú estás. Si he de morir esta noche, cuando lleguen las balas que escucho de fondo, que sea sabiéndolo si brincaste el mar, si todavía eres, si todavía estás. Y Tío, tan atlético como siempre, de salir a alzar pesos no se olvida. Y lo mismo ya da que… Lo mismo ya da.

Puffff…

Aquí, Faisal.

19

La sed en el avión no era la misma, pero igual quemaba. Hurgaba en mis recuerdos y, aunque parecían intactos, alguna pieza faltaba: el mercado negro de caviar, los volcanes de lodo, el taxista dormido en el asiento trasero con su amante, el intento de llamada a Absalón (¿Sherlock o Shylock?), la persecución por la fortaleza de Bakú, el *hammam* y Ruslán, el karaoke y el himno ruso, la súbita indicación de salir y la presunta Oksana o Roxanna, la escapatoria hacia el aeropuerto y la caja de seguridad con mi pasaporte, Vugar y el de la trusa, *blankety-blank* y el río Bug, el pequeño Iván el Terrible y el porcino Brodsky.

Atravesábamos algún punto del mar Negro hacia Fráncfort. Negro, *asud, aswad, saudah, sudaa*. Negro-saudade, pensé al quitarme de los ojos las más pegajosas lagañas tras un rato de sueño.

Mareado en mi asiento, batallaba para desenredar mis pies de la cobija y me cuestionaba: ¿Quién persigue por medio mundo a una mujer, para huir de ella, sin hablarle, cuando al fin cree haberla encontrado? Acaso el mismo que se sube dócilmente a un avión sin conocer su destino e incluso agradeciendo a quien lo está evacuando. Tanto dedicarme a observar a la humanidad para terminar por no saberle pedir o cuestionar nada.

Recordé a Rodión cuando agradecía al mentor en la National Gallery, recordé sus mansas reverencias, recordé —y me coloqué— el dedo izquierdo bajo la nariz. Recordé a Oksana o Roxanna con agitación y algo que creí enamoramiento. Recordé —o al menos lo intenté, y ante el fracaso me lo imaginé no por ello con menos furor— su generoso escote. Recordé el enigma de sus formas, asumiendo que no sabía nada ni de su persona ni de su cuerpo, y, mientras lo hacía, busqué en el reproductor de música del avión algo de Beethoven. Se desató lentamente la Sonata *Pathétique*: vaya palabra...

Corrí al baño y esta vez no fue para revisar si me faltaba algún órgano: mi única herida era demasiado profunda como para ser vista, sabía de antemano lo que irremediablemente ya no tenía ni tendría, lo que ya para siempre me faltaría; no podía engañarme más: todos los daños, mi daño, Faisal.

Siempre tuve problemas para sostenerle la mirada a cierto tipo de personas; nunca a mí mismo hasta ese día en el espejo del diminuto cubículo en el que chocaba con las paredes, cada movimiento más torpe y falto de cálculo que el anterior, bajo mis acusadores, decepcionados, perplejos ojos sobre el lavabo: ¿con mi mentiroso silencio lo había matado o es que estaba por matarlo?

Al salir caminé hacia el descanso en donde están las aeromozas y pedí un poco de agua con gas. El tono metálico de una compuerta que, supuse ocultaba comida o bebidas, me hizo temer volver a reflejarme y sentenciarme. Humillado, bajé los párpados. Asumí que por siempre ya miraría hacia abajo.

Me rescató de esos pensamientos una azafata tan amable y ciertamente atractiva con su ceñida falda azul y su cabello sostenido en una aromática cola... ¿dónde se había impregnado antes mi nariz de ese olor?

Me suscitó extrañeza, sobre todo cuando, de la nada, se interesó por mi opinión sobre la novela que leía en alemán (no, no tenía idea ni del autor, un tal Rainer pero no Rilke, ni del título, algo así como *Sonnenseite* —una sola palabra que me tradujo como, "El lado iluminado por el sol"); alguien con acento italiano quiso aportar o recomendar libros, pero la mujer bruscamente le cortó: sólo mi postura le importaba.

Con modos muy afables y sin dejar de compartirme una amplia sonrisa, descorchó una botella de Riesling, creo que de Stuttgart, y me la obsequió. No estaba como para beber y afortunadamente no lo hice, porque eso habría empañado unos recuerdos de por sí plagados de absurdo, dados a la incredulidad. Como sea, no supe negarme al detalle y agradecí la botella, mientras ella hablaba entusiasmada sobre poetas, sobre nuevas tendencias, sobre procesos creativos. Cuando notó que no podía acapararme más y que yo deseaba retornar a mi asiento, pegó su rostro al mío y sacó una *selfie*, dedicándome un guiño y diciendo primero en alemán *Fertig!*, luego en inglés *Just in case*. Pensé que se me insinuaba, pero tampoco era claro y yo seguía algo obnubilado, enmarañado en el espejo del baño, como para comprender.

De vuelta en mi asiento, pulsé un botón sobre el monitor y Daniel Barenboim reanudó la ejecución de *Pathétique* que había quedado a medias; ahora menos trágica, ahora incluso un tanto alegre, yo seguía sumido en algún abismo del que no podía salir, enterrado en mis dudas y mi arrepentimiento, que eran lo mismo.

Mi vecino de asiento, un anciano que podía ser más turco que azerí, vio natural servirse del Riesling en su vaso de plástico y no puse objeción, más me estorbaba cargarlo con cuidado de no derramarlo. Tras dos o tres copas bebidas a velocidad, diciéndome en voz muy suave algo así como *Saglik*, ahora tomaba directo de la botella y repetía con cara ladeada, abriendo las fosas nasales, eso de *Saglik, Saglik, Saglik* (de inicio me sonó a "tzalut"; pensé en la posibilidad de que el de la trusa haya usado esa palabra todo el tiempo para brindar en el *hammam*).

Al notar tantas miradas orientadas hacia mi ubicación, supuse que el viejo, en su evidente descomposición a cada sorbo, era quien llamaba la atención. Pronto salí de mi error: el autor involuntario del *performance* que los tenía atrapados, era yo; como si hubiese algo raro en mi apariencia o, empecé a sospecharlo, como si de algo me conocieran. Inclusive percibía cuchicheos a mi alrededor en idiomas inteligibles y detectaba gente que se cambiaba de asiento para examinarme desde otro ángulo, pero, analizándolo bien, tampoco eran tantos los que me avistaban.

Me convencí de que un pasajero de grandes patillas (¿aquel que entró con ropa en el *hammam* en Bakú?), usaba como pretexto el recorrer el pasillo para periódicamente echarme un vistazo; creo, aunque eso es más difícil de comprobar, que una pareja se abrazó para sacarse una foto conmigo encuadrado a sus espaldas.

El anciano no tardó en dormirse, apoyando —supongo que no con poca incomodidad— su oreja sobre la boca del Riesling.

Un muchacho de pantalones amarillos y corbatín insospechadamente delgado, se acercó y comenzó a hablarme en un inglés germanizado, repitiendo demasiado la palabra *cool*. Pese a su desenvoltura y elocuencia, simulé que no le entendía, me puse los audífonos para zanjar el intento de conversación y cambié a Beethoven por lo primero que reconocí en la lista, que fue The Cure. Cerré los ojos hasta tener la certeza de que el *cool* ya se había ido.

"*Yesterday I got so old, I felt like I could die. Yesterday I got so old, It made me want to cry*", el verso para comenzar. No lloré, aunque me sentí aliviado como si lo hubiera hecho, reconfortado, con aire nuevo en los pulmones, con mi pulso cardiaco relajado y la voz de Rob Smith como cuna. En algún lado tenía que refugiarme de un acoso que veía crecer, de una forma de ser visto que sentía avanzar, de dedos apuntados a mi cabeza, así que saqué la computadora y escribí con tal fruición que el pobre anciano saltaba de su sueño cada que azotaba la tecla de espacio:

Dos horas y cuatro minutos para aterrizar en Fráncfort, dice la cuenta regresiva, bomba de relojería rumbo al final de la paz (¿…¿paz armada de miradas y espías?…?). Afán de joder al que pretende olvidar y desconectar. Recordatorio de que la serenidad es tan temporal como excepcional. Violación del derecho a la placidez sin remordimientos. Lapso que, por otro lado, no he dormido en la última semana y, evidentemente, no desperdiciaré en los aires durmiendo, que aquí el tiempo vale y rinde más que en ningún otro sitio, que por algo será tan caro volar (¿cuánto habrá pagado Vugar por mi boleto?, ~~Vugar...~~ ~~*Who the fuck is Vugar? Bugger me!*~~),

Que no importa a donde lleguemos (igual otra vez yo no lo he decidido) y sí que al menos nos movamos

no. No quiero llegar, sólo viajar.

Una vida siendo gris, por no decir transparente, ni siquiera con un rostro que ofrezca algún elemento recordable o memorable, y de pronto me siento la criatura más exótica y taquillera del zoológico. Mi jaula es el avión. Me ven, sé que me ven… No sé si me juzgan, pero me ven… y si supieran me juzgarían, o es que ya saben lo de Faisal (que el Todopoderoso no lo permita) y por eso. Supongo que ningún paranoide acepta serlo, esa tiene que ser la clave de su arte, afirmar que no lo son…. ¿O sí?… Me analizan. Se esfuerzan por chocar ojos conmigo. Me dedican sonrisas que no sé cómo leer: nunca antes nadie me sonrió o miró así. Puede ser una fantasía, tal vez escuché mal y no se refería a mí, pero creo que alguien por aquí se entusiasma al ver que he vuelto a escribir, al escucharme teclear. ¿Esto es escribir? Sólo quiero esconderme. De ellos y de mí es fácil… De FAISAL. De FAISAL. De Faisal no puedo.

Atiendo. A propósito de lo de antes. Atiendo. Algún émulo de Sade, pensando que innovaba y aportaba, habrá tenido esa maldita ocurrencia de la cuenta regresiva en las pantallas del avión: informarnos minuto a minuto cuánto falta para llegar, señalarnos con un cursor el punto del planeta en que nos encontramos como si hiciera alguna diferencia en dónde nos encajaríamos al caer, querer convertir nuestro sitio en las nubes —que ciertamente es cualquier sitio y lo mismo da— en una referencia ubicable en el mapa.

Copio y pego. Cito a Onfray sobre el avión: "da lecciones de filosofía: todo lo que en el suelo parece grande, voluminoso e importante se convierte en el aire en pequeño, mezquino, irrisorio e insignificante. ¿Cómo hacen algunos para creer esenciales sus pequeñas historias, sus asuntillos cuando, visto desde el cielo, de pronto todo se hace estrecho e indiferente?".

Una hora y cuarenta ya, lo que me permite ver cuánto he tardado en cuatro párrafos, más bien muy malitos (salvo por el ajeno, sólo copiado), aunque depende para qué, que eso no lo sé y tampoco importa, la única persona a la que tendría que escribir es a FAISAL... Y ese perdón ha caducado, me lleva Rob a su más repetido cliché en un audífono que me da picazón en el oído derecho... pero cómo aguanta este viejo la botella en su oído: *I would break down at your feet and beg forgiveness, plead with you. But I know that it's too late, and now there's nothing I can do.*

Disyuntiva tan mía, sustituto del pollo o pasta que en este momento ocupa a los demás: ¿escribir o leer?, ¿película o música?, ¿beber o contener? Entre más se encimen mejor, en especial si justo ahora Morrison me quita toda esperanza: *I hate to remind you, but you're going to die. Before I sink into the big sleep, I want to hear, I want to hear the scream of the butterfly*

FAISALFAISALFAISALFAISALFAISAL
FAISALFAISAL

que te he hecho Faisal que he hecho Faisal cómo pude Faisal aquí Faisal

FAISALFAISALFAISALFAISALFAISAL
FAISALFAISAL

atiende *pathétique* camello et camellero Habil y Qabil lío y Tío

Lo que el lobo llora, es alimento para el zorro.

So where were the spiders?

Atiende aquí tu verdugo.

FAISALFAISALFAISALFAISALFAISAL
FAISALFAISAL

I must have died alone
A long, long time ago

Aquí, lo que queda de yo, que es más bien poco y mientras no sea nada, aún dolerá. Aquí mal, pero ahí... AHÍ... Tú lo has dicho. AHÍ. Donde nunca pudiste imaginar a tu hermano. AHÍ. El infierno. Europa, el otro infierno de quienes pensaban que dejaban su infierno. Y otra Rawah que ya no.

Algo huele mal y no es el anciano cuya cabeza ha rebotado sobre mi hombro sin dejar de abrazar el Riesling. Algo... Cierren ese baño... Ahora un disco de éxitos de Joy Division, como el amante nuevo de la pintura que entiende que tarde o temprano ha de ver algún cuadro de Chagall (con o sin sillas), y el del cine alguna película de Eisenstein, y el de la literatura algún libro de Joyce o... Borya...

Guess your dreams always end.
They don't rise up, just descend.
But I don't care anymore.
I've lost the will to want more.
I'm not afraid not at all.
I watch them all as they fall.
But I remember, when we were young.

esa juventud, ese recuerdo, siempre juntos, *automatique*... ¿Esa única foto grabada en el celular? ! ¿Esa captura de una amarillenta imagen? Esos dos niños abrazados: el más bajito no ve al frente distraído por algo a la derecha que le genera una carcajada; el más alto tan pendiente de abrir los ojos fijos hacia la lente que parece cerca de lagrimear. La foto y esos dos niños: ¿eres tú con quien creíste que era yo?

But I remember, when we were young.

Recuerda Faisal, cuyos sueños terminaron, cuyos sueños yo maté. *Saudade*: cuando lo malo se desvanecía al despertar, cuando mi padre arreglaba todo en un cuarto azul, cuando mi padre me hubiera conseguido lo que fuera, hasta ser leído y querido, cuando éramos jóvenes, Faisal y yo, cuando las pesadillas eran magia simplemente por no haber sido en la realidad. El cuarto se hizo *asud*.

When I was a child I had a fever
My hands felt just like two balloons
Now I've got that feeling once again

Escarbo en mi memoria entre la gente en harapos en la playa de Dover. ¡Busca bien! ¡Busca! ¡Busca! ¡Busca! No fueran las caderas de Oksana o Roxanna cuando caminaba delante de ti en el tren, antes de tu colapso, cuando el vestido se ciñó en su giro y tú, en vez de luchar por Rodión, bajaste lascivamente la mirada, salivaste con un escalofrío por la espina dorsal... Todo lo de después se borró, pero no, eso no, la forma no, el cuerpo anguloso no, la ropa interior marcada no, el encaje que atribuiste e imaginaste, no...

The child is grown
The dream is gone

¡Busca! ¡Busca en Dover! ¡Busca en los rostros en la playa!

Busca en tu pasado al amigo/hermano de Faisal.

Necesito regresar y detectarlo. Alguna ONG, el comisionado de la ONU para los refugiados puede ayudarme a dar con él. Pero, ¿qué seña daría?, ¿que habla —o hablaba— francés y español?, ¿que bebe —o bebía— coñac?, ¿que lee —o leía— filosofía y poesía alemanas?, ¿que le gusta —o le gustaba— sentar a rubias escotadas en sus piernas?, ¡que tiene un amigo que lo adora como hermano, como si no fuera eso un factor común a todos!, ¡que hay gente en vilo por él, como si cada uno... en Dover... en Lampedussa... en Lesbos... en Sicilia... en el Suchiate... en cualquier infierno... en todos los AHÍ... no tuviera eso!, ¡que tiene un hermano desolado por su silencio, como si no correspondiera eso con cada uno de quienes tuvieron que salir y no llegaron! Silencio... ¡¿Cuál silencio?! Su silencio he sido yo. Su luto pospuesto he sido yo. Sus deudas no saldadas he sido yo. Su muerto no honrado ni respetado he sido yo. Su riesgo de quedarse en el matadero, lo he precipitado yo. Su agarre a la horca, he sido yo. Su tumba, la he cavado yo. Sus sueños de volver a escucharlo, los he alentado yo, cuando sé que no puede ser, que ya no puede ser, que ya no va a ser, que terminó y sé... Lo demás, incluida esta mierda de placebo que me tiene viajando, no existe. ¿Restablecer el puente? Sólo para cruzar y caer al vacío desde mayor altura...

I'm Animal, not Human
This monkey's gone to Heaven

Encontrarlo vivo. Y entonces suplicarle que acepte el pago de Faisal. Yo, la ONG. Yo, la Carmelita Descalza. Yo... el que supo que se curaba con el dolor ajeno, el junkie adicto cada vez a mayores dosis de sus desgracias, el más infame de todos los mentirosos que con la mínima de las éticas debió decir: no soy el que crees que soy.

This monkey's gone to Heaven

Encontrarlo vivo... Luchar por reasentarlo en Europa, y sacar a la familia de Faisal, y a Tío, y a la pequeña Rawah con sus hermanas y su madre abandonada, y llegar antes de que lleguen los que son más malos que los muy malos... Sacarlos.

fuck logic, fuck logic, fuck logic, fuck logic, fuck logic, fuck logic
All that you've learn, try to forget it

¡¿De dónde los voy a sacar?! Ni eso sé
Don't get any big ideas, they're not gonna happen.
You'll go to hell for what your dirty mind is thinking.
Now that you've found it, it's gone.
Now that you feel it, you don't.

Y esta canción… Que si hubiera un ángel deprimido, o suicida…
Así. Sus agudos. Su violencia dulce y mi violencia callada, estridentes ambas. Sus … Ya sin grandes ideas… Encontrarlo vivo.
Oksana o Roxanna, humano o animal
<zXcvbnm,.-
Y al encontrarlo, se irá. Y al sentirlo, ya no lo harás.
God loves his children? God loves his children? Yeah!
Xcvbnmmrhmmmmmmmmmmmmmmmmmmmmmmmm-mmm
This monkey's gone to Heaven. Más bien: *Cease to resist, giving my goodbye: Wave of mutilation.*
ZZXXcvbnmmrrrhhhhmmmmmmm,,,….….-

En algún punto me quedé dormido y una aguda voz en el altoparlante del avión me despertó (con una excitación que me avergoncé de experimentar en ese momento, pensé que podía ser la aeromoza de antes). En mis auriculares ya sonaban los éxitos de Sinatra y lo último que soñé, o creo haber soñado, fueron parejas gays bailando al ritmo de *Strangers in the Night.* Puede ser que Oksana o Roxanna también estuviera ahí con un infinito escote (¡demonios!, pero, ¿siquiera recuerdo si tenía mucho que insinuar o asomar?).

El crédito se me había acabado: cuarenta y tres minutos al destino, la vuelta a las arcadas de realidad. Ahora Lang Lang aceleraba su forma de Mozart.

Por la ventana sobrevolábamos algo que debía de ser la Selva Negra —pensé, selva de saudade— ya a poco del aterrizaje. De nuevo se apareció el muchacho del inglés germanizado e, introduciéndose como Volker Krol, me dio su tarjeta de presentación.

Al notarme perturbado, la azafata, con su aromático cabello ahora suelto, me invitó a pasar a clase ejecutiva. Ante la insistencia y el sin-sentido de los proyectos *cool* que me explicaba Volker, le hice caso. De camino, se refirió a su suerte, juntando las manos como en un rezo, y detalló que alguna vez tuvo en un vuelo a Robert De Niro. Automáticamente pegué índice y medio derechos, señalando hacia el frente, como el mentor hiciera con Rodión ya no sé cuánto tiempo atrás, en otra vida o en la precuela de ésta, cuando éramos jóvenes.

Junto a la cortina que dividía a las clases, postrado sobre una cobija de avión muy raída y con lágrimas inundando sus ojeras, el anciano que se había sentado junto a mí, efectuaba una plegaria: ojos que son una plegaria, recordé abriendo una mueca.

Al verme incrementó su pesar, presumí que por el recuerdo y el lamento de la botella devorada. Le ofrecí agua; rechazó con semblante de sentirse obligado a pagar su penitencia para recuperar la paz. Respiré largo al cruzar por mi mente la penitencia que yo tendría que pagar a sabiendas de que ya jamás toparía con la paz. Crimen y castigo.

Ocupé mi nuevo asiento, lamentando no haber llegado ahí antes o que Vugar no hubiese gastado algo más para sentarme más cómodo; me remordió que los lujos me remordieran, más me remordió que en ese momento eso me remordiera. La azafata me dio una botella grande de agua que no recuerdo haberle pedido, la cual apuré de un trago, como si el anciano me hubiese trasladado su resaca o, mejor aún, su rehabilitación.

Mientras saciaba mi sed, la aeromoza aprovechó para sacar una foto a lo que había escrito en el monitor de mi laptop, asintiendo con admiración y acariciando ya sutilmente ya pasionalmente mi cabello. Vio a los dos lados, suspiró largo, me besó con furor en la boca y puso en mis manos una libreta con lo que parecía un cuento o relato corto. Se alejó y tardó unos segundos en disiparse tras ella su hipnótico olor. Me avergoncé por haberle ofrecido mi boca con ese aliento a bilis del que despierta con angustia.

Cuando era inminente que pisaríamos tierra, desde el asiento de atrás me tocaron el hombro. El personaje de las patillas, desconozco si desde antes sentado en ese compartimento del avión, me entregó un libro de poesía en un pictórico alfabeto que me resultaba desconocido; en un inglés muy básico, refirió que lo escribió su abuelo, refugiado en un territorio llamado Nagorno-Karabaj; insistió en que nada más él lo había leído y en su disculpa por el atrevimiento de haberlo hecho; me suplicaba cuidara de lo único que recibió como herencia, lo único que poseía de su antecesores, lo único que sobrevivió al escape y al exterminio. Habló, y en esa específica palabra escuchada no creo equivocarme, de restablecer el puente (o me equivoco: quizá no dijo restablecer con *restore*, sino rehacer o reconstruir con *rebuild*... entonces su inglés no era tan limitado). Quise rechazar el libro, debí rechazar el libro, pero no supe cómo hacerlo y me emocioné de habérmelo quedado. Se colocó la mano derecha en el corazón, contemplándome con devoción.

Abajo, en tierra, como arriba, en ese avión, la antología ya era de todos.

20

Le sorprende su capacidad para esconderse de la tormenta. Le sorprende y le molesta. La más cómoda muestra de su síndrome de la indecisión, piensa al colgar una toalla del espejo del baño, piensas al tapiar esas ventanas a tu traición que son tus propios ojos.

Los mensajes han dejado de ser un descanso. Ahora, sean templados o depresivos, sea melódica o amarga la voz, implican un recordatorio, lo encadenan, te enjaulan a solas con tu transgresión. Sí, el infierno no eran los otros, el infierno comienza y termina en la cabeza de cada cual, el infierno vive en cada uno, vive en ti.

Antes se escondía de su soledad en Faisal. Ahora te escondes de Faisal en el frenesí de celebridad que (¿orgulloso?) te rodea.

Enconchado para un nuevo golpe, se dolerá aunque éste no llegue. Preparado para el interlocutor más deprimido, te desquiciarás aunque éste no sea.

Siente, sientes, que Faisal ya no le habla a él: que dándolo por perdido, Faisal ya te habla a ti.

Difícil entenderlo para ti, que vas a un sitio nuevo cada día, sin rutina, con tus rubias escotadas... ¿Tienen nombre? ¿Son la misma? ¿Las confundes por parecidas? ¿Confundes sus nombres? ¿Las distingues? ¿Las ves iguales como ellos nos ven iguales? ¿Las ves iguales, como sus catedrales vemos iguales, como nuestras mezquitas ven iguales?

Lo mismo. Yo, aquí, lo mismo. Sólo cambia el tono de tu silencio, sólo cambia su, su, su, ¿*dommage*?, ¿*damage*? Daño… El daño de tu silencio cambia. Y mi miedo cambia: siempre puede remar a peor.

Lo demás… Pa, pa, pa, pa, pa… Si es que escuchas mis mensajes, si es que todavía estás para escucharlos, te has de aburrir con el *feuilleton, foietán, foil…* con el folletín que se repite: Rawah y el reflujo, historias de pueblos cada vez menos lejanos que van siendo, que han sido, que serán arrasados; quemas de libros y personas, quemas de recuerdos e historias. Secuestros. Cercados cada vez más o ya definitivamente cercados. Luego Tío y su rareza… Fatal. Al menos no verá, o hará como que no ve, o no se enterará… si lo tuyo, como últimamente creo y duelo, al menos no se enterará, al menos no te enterrará, no te enterrará, no te enterrará: *ensevelira*, sepultará. No. No No. No. No… ¡No! Y si con la vida pagamos el esperarte… No.

Atiende. Fue así…

Tendríamos trece o catorce años. Trece, sí, trece. Mi memoria no falla, nunca falla, porque recuerdo que ese año por primera vez íbamos a… Era ramadán. Los dátiles esperaban bajo la carpa. Grandes, chiclosos, *suculent*… Dijiste que no me atrevería. Sabías que bastaba con decirlo para que me atreviera. Tomé uno. Te lo ofrendé. Lo partiste en dos. Dijiste que no me atrevería a comerlo ahí, a plena luz del día. Sabías que bastaba con decirlo para que me atreviera. A la noche dormí tan bien y tú despertaste sudando, enfermaste, llorabas. Tratabas de infiernos, de castigos, de demonios, de *haram* y *kafir*. Contaste todo a Tío y Tío fue sobre mí. Que mi *effronterie*, ¿desfachato?, ¿descaro, desfachatez?

Tío, tensando los brazos que increíblemente continúan musculosos, gritaba: ¡No remordimiento, no conciencia del mal, repite mal! Tío gritaba... ¡Pero eras tú! ¡Eras tú el viento que me empujó hacia el dátil! Yo por ti me atrevía, yo por ti iba... Como ahora me atrevo a esto de ver venir al mal, a esperarlo sentado, cruzado de brazos... *Mais*... ¡Yo te respetaba más a ti que a Tío, más que a, más que a, casi más que al Misericordioso! ¿Te temía? ¿Te temía? Te temía. Y te amaba. Todo por ti.

Y Tío... Y Tío con sus proverbios: que el que siembra mal, recoge remordimiento. Y Tío gritaba: *Remord, remorse!* Gritaba furioso: ¡te muerde de vuelta, te morderá de vuelta! Te, te, te sostiene con los colmillos y, y, y... y no te suelta. *Remord, remorse!* Y eras tú, no yo. Y gozabas que cayera yo, no tú. Y alguna frase de alguno de los Séneca, Tío siempre los confundía, al viejo con el joven... que el látigo propio es el remordimiento.

Y lo que quería decir, *cher frère*, y lo que quería decir que ahora pienso que, que, que te tiene que morder de vuelta. Ahora. A ti. Por lo que haces a mí. Yo no quiero que te muerda de vuelta, pero, si estás, y sí estás, ¡sí estás!, ¡todavía estás!, te morderá o ya te muerde de vuelta.

Lo que yo estoy viviendo por ti, por tu silencio, por tu *violence silencieuse*. Lo que tú escuchaste la vez pasada, lo que dije y escuchaste, lo que intuyo y temo, y aun así tú callar... Venga, sabes bien a lo que voy, no disimulemos como hicimos con ese dátil en Ramadán del que nunca hablamos más, que ya no hay demonio ni *haram*, que todos somos *kafir* y lo mismo ya da.

¿Y te remuerde, *bien-aimé pop-star*? Así era: No remordimiento, no conciencia del mal, repite mal; el que siembra mal, recoge remordimiento.

Atiende. Ya. Ya si te pago... Ya. Ya si contestas... Ya. Ya si viv... No. ¡Sí vives! ¡Atiende! ¡Claro que vives,

Euro-*Kafir*! Por eso aquí esperamos respuesta o una postal con la cara de algún noble europeo. Bonita suerte: cuando Europa se disgrega, tú te le querías pegar; cuando Occidente odia, tú lo quieres amar. Bonito, ¿tiempeo? ¿*Minutage*? *Même merde…* Aquí, Faisal.

21

No me engañaré más: al fin admito que escribo para ti, *cher* Faisal.

Lo hago a sabiendas de que esta sarta de folios, no sé qué tan faltos de continuidad o cuán incompletos, que esta maraña de viñetas cada cual más absurda que la otra, que este remedo de relato o librillo, es en el fondo una cobarde misiva, es la más burda manera de expresar que lo siento, que no debí, que me equivoqué.

Lo hago consciente de que si mi finalidad era victimizarme y por esa vía hallar perdón alguno (añadiría que "yo y mis bajezas", pero eso ahondaría en el proceso de tirarme al suelo y su consiguiente laceración), no conseguiré tal.

Sobre todo lo hago —espero me creas, si es que esto llegas a leer y, de ser así, si es que palabra alguna aún me puedes creer— asegurándote que por decenas de páginas, más las que se perdieron entre confusiones y sedaciones, entre aduanas e involuntarios traslados, desconocí el destinatario de esta bazofia; tal como tú por tantos y tan hermosos mensajes (disculpa que ahora use la adulación como llave, método incluso más bajo que la victimización) desconociste el destinatario de tu voz.

Nunca sabemos para quién hablamos, ante quién reflexionamos, para qué ojos actuamos… si lo sabrás tú. *Pathétique*, sí, y que Barenboim me juzgue a cada tecla, y que Beethoven me lo recuerde con cada nota. *Pathétique* empezando con esta antología de la sinrazón, *pathétique* siguiendo con mis delirios, *pathétique* cerrando con la historia que ya no sé en qué grado me he inventado.

Obligado a darte explicaciones mayores, a las que no me atreví por teléfono cuando debía, que fue a la primera llamada o al entender que convertía en juego o terapia lo que no lo era, ahora procedo a sustituirlas por explicaciones menores que sólo a mí me interesan, rigor narrativo para mi absurdo: que Rodión pudo no ser Rodión, pero sí hizo bellísimas copias en la National Gallery; que el mentor era brusco, ríspido, aunque quizá no malo o no tanto como he pretendido proyectarlo, en algún mensaje ya me hablaste de los celos y la venda que ata a los ojos; que los enredos lingüísticos y mis malas interpretaciones convirtieron en ficción lo que yo quise creer que no lo era; que Vugar, retratado de forma tan cercana —finalmente con él sí hablé y hasta me bañé y canté—, es quien menos certezas me produce, acaso el mayor de los traidores o el primero de mis redentores; que no entiendo mi incapacidad para aprehender el recuerdo de alguien que tanto me fascinó como Oksana o Roxanna, mi rubia tan escotada como poco curvada, en mis fantasías sobre mis piernas mientras bebo coñac y leo a cualquier célebre alemán; que Borya… que a la fecha no sé nada de Borya y debí alejarme de su caza cuando Pat Sherwood (¿ya lo he referido? El de la City, al que en el tren asumí como *Pat and Mick*) mandó al grandote a persuadirme. ¿De qué? De que me convirtiera en Borya: tanto buscarlo para terminar pudiendo —mas no admitiendo— serlo… aunque de nuevo rompo los tiempos, eso fue después, no tanto después, pero sin duda después.

Fue traumático despertar en Alemania al otro día del vuelo y verme en la portada del Bild, bajo dos palabras en poderosas letras blancas con exclamación: *Der Anthologist!* Ahí, mi foto mientras escribía en el avión, ojos enrojecidos y pequeños, audífonos apenas perceptibles, actitud enfebrecida, postura más jorobada de la que hubiera querido proyectar, mi codo incómodo chocando con el posabrazos y mis manos acechando al teclado como si estuviera por estrangularlo. En una plana interior, ampliando la información con una franja roja que presumía *Exklusiv!*, era posible leer la captura del monitor de mi laptop, más o menos parecida a la que he copiado renglones arriba, y su traducción al alemán. A un costado, una imagen de la aeromoza que me pareció retocada, con mucho más pecho y menos cintura de los que recuerdo, pero la misma cola de caballo cuya fragancia disfruté imaginando y fracasé rastreando; entre comillas titulaba su confesión: *Wenn ich küsste meinen Held!* ("¡Cuando besé a mi héroe!") y, como sub-encabezado, *Passion in einer Flugzeug! ("*¡Pasión en un avión!"). Si hasta antes me costaba recuperar el aroma de su coleta, una vez leídas sus respuestas y cúmulo de tópicos, ya me fue imposible:

"Se ha reencontrado con su arte, ahora sólo quiere escribir y dar fuerza así a todos quienes no somos escuchados, a los que no nos sentimos seguros de expresarnos; es eso, su mensaje, que todos podemos cumplir nuestros sueños, que cada humano contiene arte y todos somos bellos; que nos atrevamos a ser diferentes; que un libro no leído es como un atardecer que nadie ve (…) a mí ya me inspiró a escribir, a ser creativa, y le ofrecí mi cuento para que forme parte de *Die Anthologie*, el cuento está inspirado en nuestro primer encuentro y sólo será leído cuando él lo decida o si él lo decide (…) nuestra conexión fue inmediata (…) del beso no hablaré, prefiero quedármelo para mí, porque es nuestra intimidad, pero, sí, que nadie dude que es un caballero, que me hizo sentir mujer (…) tiene una de esas miradas que desnudan, pero siempre con valentía y delicadeza (…) su lucha es por todos, él está luchando por nosotros, y por esa lucha es que ha sacrificado su carrera, la ha sacrificado por nosotros (…) lo que pasa es que él ama a la naturaleza y reconoce el arte de la naturaleza (…) me encantó su sencillez, a la aerolínea no le gustará saberlo, pero me sentí obligada a pasarlo a clase bussines y me arrepiento de no haberlo hecho antes (…) para todos quienes se le acercaron en el avión tuvo una palabra de ánimo, de perseverancia (…) no creo en las relaciones basadas en lo sexual, creo que lo nuestro ha sido algo más profundo, el tiempo dirá".

El colofón, en una esquina inferior, era la *selfie* que sacó tras darme el Riesling, a cuyo pie se leía: *Love is in the Air. Die Groupie Bettina und Herr Anthologist.*

El seguimiento al tema era tal que, a la vuelta de página, el Ministro alemán de Cultura hablaba de organizarme una retrospectiva (me pregunté alarmado, como si tuviera que preparar a la brevedad una ardua labor, como niño que descubre su inmensa tarea un domingo a la medianoche: ¿retrospectiva de qué?) y diversas voces germanas, algunas famosas, otras desconocidas, opinaban sobre mi legado (¡¿cuál?!). En horizontal corría una línea del tiempo que explicaba, con varios errores de fecha y ciudad, el que debió ser mi trayecto desde Dover hasta Fráncfort, recopilando la antología. Aseguraban que mi literatura había quedado marcada por un encuentro en pleno desierto de Arizona con Gary Snyder y procedían a referirse a la vida de ese personaje, a su reclusión, a sus poemas y meditaciones (jamás había oído hablar de él, pero me sorprendí imaginándome sentado sobre una roca, escuchándolo, recibiendo su mensaje, concentrado en sus conceptos).

Diversos libreros se ofrecían en el *Bild* para publicar mi obra, en una especie de *reality show* que instaba a la gente a votar por redes sociales por el grupo editorial que merecería distribuir mis escritos (el resultado se prometía para el siguiente día, junto con nuevas revelaciones y testimonios sobre mi vida). Un escritor llamado Rainer Uli se congratulaba porque yo estuviese leyendo su *Sonnenseite* y me suplicaba que le permitiese dedicarme el ejemplar.

Otros dos recuadros: en el primero, un psicólogo planteaba las razones por las que yo prefería ocultarme: que si el individuo contra la masificación, que si el creador que no quiere opacar a su obra, que si el absurdo de la postmodernidad, que si el síndrome de una infancia de excesivos cuidados, que si el anonimato para poder reflexionar sin invasiones, que si la post-generación Beat, que si la rebelión contra el absurdo de la fama, que si el truco perfecto para convertirse en viral; en el segundo, se establecían precedentes para mi caso, enlistando artistas esquivos e incógnitos, con mi nombre incomprensiblemente escrito después del de Bansky, Elena Ferrante, J.D. Salinger y hasta Tyler Durden. Sobra decirlo, por extraño que pueda parecer con mi muy poco eslava apariencia, mi nombre ahí, como todas las veces en ese periódico, era Borya Alexiévich, de quien ya había incontables perfiles en redes sociales y cuya biografía en Wikipedia era tan contradictoria como detallada.

El camello piensa una cosa y el camellero otra, has dicho antes. Ese destino que en ocasiones se empecina en correr en sentido contrario o en enfilarnos sumisamente hacia el absurdo: mira que terminar siendo Borya el que quise ser, cuando ya no quería serlo o como no quería serlo.

Sí, solemos confundir performance con poesía, lo que sea que con esa expresión me hayas querido decir o, más bien, hayas querido decir a ese refugiado sin nombre y acaso ya sin vida.

Apenas he descubierto que escribía para ti. Sé que de nada te sirve, *cher* Faisal, sé que en nada te contenta, sé que nada te importará saber que sin tus llamadas no habría renglón alguno, que has sido el involuntario e inconsciente motor de esto. Sé que ningún párrafo o pintura, ningún esbozo o boceto, valen más que la verdad. Y con ella intento reconciliarme tan tarde como en vano.

Lo sé. Lo sé. Lo sé. Lo sé, pero igual.

¿Atiendes, *mon ami*? Este camello se ha desbocado y el pobre camellero suficiente tiene con aferrarse para no caer en el desierto.

Jugando a ser el Euro-Kafir al que rogabas pagarle, he quedado en tu Beria justo cuando me llaman Borya.

22

Te espantas tejiendo una relación: que los mensajes se van espaciando o casi desapareciendo, desde que días antes admitiste por escrito el nombre del destinatario. Diluyendo y enfriando, como si te leyera en tiempo real... o será tu mera figuración, ese peso en tu mente de lo que has hecho, ese látigo propio que muerde de vuelta.

Intentas ordenar en el tiempo las llamadas, establecer algún patrón de frecuencia o tendencia; te frustras al no ser capaz de realizarlo: cada vez llama menos, eventualmente, muerto o doblegado, sometido o condenado, dejará de llamar.

La grabación pasada puede ser posterior diez días, o quizá doce o catorce, a aquella de la voz privada en llanto que reprodujiste en el avión.

Una punzada taladra tus sienes; desesperado te aprietas con pulgar e índice derechos hasta dejar una marca verdusca y circular a cada lado, como la que pudo tatuarse en el rostro de Rodión tras haber sido golpeado, y si es que fue golpeado.

Un aliento metálico te quema como si esa lengua que no se atreve a hablar y confesar, nadara sobre úlceras en tu boca cerrada; entre más intentas mitigarlo o mentolarlo, más te duele hasta llegar y llagar la garganta: muerde de vuelta y ante eso no compiten los sabores.

Faisal ahora en voz más fresca. Faisal el que se ha resignado.

Atiende. Han quemado tus libros. Sólo queda el de tu Nishhhhh, que usa Tío para apoyar el codo sobre la mesa; ese codo grueso que de niños imaginábamos capaz de domar timones de los barcos más imponentes, ese codo grueso que de niños imaginábamos capaz de domar timones de los barcos más imponentes y salvarlos de lo peor, hoy ha salvado las últimas páginas de tu casa. Tras el codo y las palabras a las que dio refugio, sólo barbarie.

Los libros que te esperaban empolvados, esos que aún nadie había leído y ya nadie leerá, prendieron más pronto —por el plástico que los envolvía, ha de ser; o por la indiferencia.

Escucha a mí... ¡Débiles! La prefiero en francés la palabra: bajos, diluidos... *Faible!* Débiles. Han sido débiles. Hemos sido débiles.

De todas las razones para hacer el mal, la peor tiene que ser la pusilanimidad. Atiende. La debilidad. Atiende. La... Porque el que hace el mal por pusilánime y no por decisión, se traicionó a sí antes que al agredido: por eso fue más *faible*, fue más bajo, que débil.

Tío nos hablaba de las velas que se sometían a cualquier viento al entrar al agua; y que las primeras velas en caer siempre son a las que bastó con no hundirse y simplemente seguir incluso contra su sentido, a la deriva... del mar. *Déchu*, cayeron. Pueden avanzar por los mares, pero ya han caído, para qué avanzarse en el mar si ya han caído. *Déchu*, cayeron. Escucha a mí: al menos otros vimos la tormenta de arena y seguimos corriendo hacia donde teníamos que ir, hacia donde debíamos ir, pese a la seguridad de que no llegaremos, de que en *dune*, de que en *dune*, de que en... *comment on dit?*... de que en duna nos convertiremos. Tío decía. *Dilué*. Déchu, diluyeron, cayeron.

Tío decía también que quemados los libros ya todo es permiso, permitido, el límite se rebasó: de quemar libros a quemar personas, la distancia no está larga; y esperando que esa distancia sea recorrida aquí, yo soy, o estoy. A tu espera.

Atiende… Y de todas las razones para hacer el mal… porque el que hace mal por *pusillanime*… Sabe, sabía, supo. Sí sabe. Con él ha sido más pesado el miedo, más pesado el miedo que, que, que la moral. ¿Todavía te enojas, mi amigo, cada que escuchas la palabra moral? *Tout est relatif!* Gritabas y nadie podía opinar de nada. Todo es rela… ¡Atiende! ¿Qué dirías ahora? Po po po po po… Te fuiste a tiempo para no ver ante casa el nihilismo del que nos recitaste, con el que nos ninguneaste, nos… nos… nos… nos alardeaste. *Nihilisme*, decías con mueca… con mueca… con mueca de… de… de… con mueca de *Voilà*. Y en tu casa. Fuego. Nada quedará. *Pas du tout.* Nada.

El mal existe. Y el miedo a veces es el peor de sus padres… No, no, no, no, no… No justifico, *enfant modèle*. Mal es mal… Y, ya… que mi nombre, que Tío explicaba que Faisal es esa *epet*, épée, *epad*… Que Faisal es esa espada. Significa espada. No cualquier espada. Esa espada para separar al bien del mal: yo la espada que nunca supe usar, tú la relatividad que tanto repetiste y en la que *jamais* creíste, *haiati*, en la que jamás creíste, menos cuando era yo quien te debía pagar, menos… menos… menos… menos cuando la espada partiría esta hermandad. No sé ni lo que yo digo hoy. Pero cuando ya todo es permiso… Cuando los libros están fogata. No es… Y la espada ya no… Ya no… ¿Si alguien nos sobrevive, de nosotros qué dirá? Por eso más que débiles, somos *faible*, somos bajos. Mejor voy a por Rawah… Criarla sin saber para qué.

Aquí, Faisal.

23

Qué fácil es convencernos de nuestra bondad.

Fue desplazarme a Calais y sustituir la búsqueda de la antología por la búsqueda de tu interlocutor, o amigo, o casi hermano, *cher* Faisal, para que, vergonzosamente, me sintiera mejor, para que pretendiera haber cambiado de lado en esa separación de tu afilada espada.

Sé que narraré lo siguiente para presentar pruebas a mi favor en este caso; sé que de tanto engañarte ya no tengo cómo engañarme o, peor aún, para qué engañarme; lo sé, como sé que esa mordida de vuelta, ese remordimiento, me ha convertido en mi propio verdugo. "No hay persona castigada tan severamente, como aquella que se somete al látigo de su propio remordimiento": bien citaste, bien citaba Tío cuando compartía trofeos de sus mares, Séneca el joven.

Como sea te cuento y ya tú, si de esto llegas a saber, juzgarás o perdonarás.

Dejar Fráncfort resultó complicado (disculpa: de vuelta me victimizo, desde aquí, desde el cómodo planeta paz, el recurso ablanda y funciona). Los paparazzi. Más de una semana de caos y perplejidad. Las cámaras dueñas de mi banqueta o de toda banqueta que osara hacer mía. El librero que ganó el *reality show* empecinado en reunirse conmigo, como si yo, su merecido premio, no tuviera derecho a serle negado. Uno de sus editores mostrándome en plena calle algunos tachones al texto filtrado en la foto del *Bild* y enfatizando algo así como "juntos encontraremos tu mejor versión narrativa" (difícil recordar las palabras exactas, cuando ni siquiera recuerdo en qué idioma me las dijo). Los montones de libros y manuscritos sin presunto lector que se apilaban a donde fuera que yo me moviera, que me entregaban motocicletas, que como humedad se filtraban en mi maleta, que me dejaban meseros sobre mi mesa, que me bajaban en drones... y la aromática Bettina, sin quien, tras una semana o semana y media, no hubiese podido escapar.

Nunca entendí cómo hizo la azafata para maquinar un plan que me liberara y últimamente supongo que ella se limitó a trasladarme ciertas indicaciones, quizá desde siempre coludida. El asunto es que cuando en una gasolinera de Bélgica pude salir con tortícolis de ese maletero, me percaté de que al volante iba el muchacho del avión que tanto repetía *cool*, ahora con pantalones tan ceñidos que debían molestarle y tan naranjas que me molestaban a mí.

Pidió una inmensa malteada de chocolate y le vació tres sobres de azúcar, a lo que respondí con un expreso íntegro en su amargura e insignificante en su tamaño. Sentados en la barra de la estación de servicio, acelerado él por su bomba de dulce y yo por la mía de cafeína, nos volteamos a ver divertidos con una canción de reggae en francés que hablaba de una plantación que no daba plátano, ni piña, ni legumbres, ni coco, ni nada. Iba a decirle algo sobre mi propia torpeza para cultivar, o sobre mi aridez de ideas, o sobre mi incapacidad de producción, cuando subió una mano pidiéndome un momento y tomó una llamada; imaginé del otro lado de la línea a Vugar, casi atreviéndome a suplicarle, en pleno Síndrome de Estocolmo, que le mandara mis saludos. Sólo capté del alemán alguna alusión a donde estábamos (tipo, *Belgische, Belgien* o cosa parecida) y muchos *cools*.

De regreso en el coche, ya me permitió sentarme en el asiento del copiloto. Se dirigía a mí de forma menos encimosa que en el avión, como si asumiera que ya no había prisa en hablarme de sus proyectos, toda vez que inevitablemente estaríamos juntos un buen rato… o como si su misión ya estuviera consumada y no hiciera falta más esfuerzo. De tan poco cruzar palabra, me costó despegar los labios cuando finalmente algo pretendí decir (me sigue costando, bien dirás, siguen pegados para ti). Y eso que dije fue que, como sea, al menos esta vez yo había elegido mi destino, a lo que replicó primero en alemán, *ziemlich interessant* y, tras notar mi confusión, en inglés, *"Quite interesting… but cool. Calais is so cool. Never been there but must be so cool"*.

Por una de sus llamadas en el altoparlante (por cierto, la que creo que fue con Vugar resultó en privado para sus oídos), me enteré de su alegre cambio de religión, sin llegar a dilucidar si a budismo, sintoísmo u otro ismo. Lo narraba como si más bien hubiese descubierto la mejor dieta, la mejor rutina de gimnasio o el pollo más orgánico a la vuelta de su cuadra; de tan intenso y lleno de gemidos, un relato casi hormonal. Hablaba orgulloso, constantemente girándose hacia mí para incluirme, y explicaba a quien fuera que en inglés le escuchaba que ya había subido fotos de sus avances, de su guía, de sus aprendizajes, de su yoga, de su licuado de tofu, aclarándonos de forma tranquilizadora que todo está relacionado y dispuesto para nuestra paz; usó como un ejemplo que no entendí, el elegir hacerse rastas o un nudo de corbata.

En Calais me alojé en el hotel donde Volker o alguien más decidió (muy buen hotel: los lujos dejaban de remorderme); quizá fue Vugar a control remoto desde un *hammam* en Azerbaiyán, o el de la City desde la City, o el poeta *beat* con el que dijeron que me reuní y al que creo que nunca conocí, o el titiritero que manipulara mis hilos y se ocupara de mi albedrío, pero alguien tuvo que pagar por eso.

En un principio me convencí de que en Calais había terminado la pesadilla de la fama —lo sé, *mon ami*, sueno a niña socialité siempre peinada para el asedio o a cantantillo que se regodea en los autógrafos con pose de fastidio.

No más persecuciones, no más celebridad, no más libros y manuscritos emergiendo a mi paso: la realidad grisácea que no tanto tiempo atrás se había diluido. Quise aclarar cuándo y me frustré en el intento: ¿Antes de Bakú, antes de Dover, antes de Londres? ¿Antes de Rodión, antes de Borya, antes de ti? ¿Antes de que el cuarto azul se hiciera negro? Hubiera querido tener cerca a Volker para rogarle que preguntara a Vugar.

Pude caminar por el viejo puerto y sentirme libre, recorrí edificios deslavados y nostálgicos como yo, respiré en la densa brisa aunque hiciera lagrimear mis ojos, me paré ante el monumento de Los Burgueses de Rodin hasta casi sentirme parte de su desolación, de sus gestos adustos, de su convicción camino al matadero, de sus labios contorsionados y dedos trabados: esos seis personajes adinerados que en 1347 se ofrecieron a cambio de la libertad de su sitiado y asfixiado pueblo. Recordé que antes de la National Gallery, muy cerca del Támesis donde descubrí a Oksana o Roxanna, otro yo estuvo ante la réplica de esa obra en Londres. Pensé en ti, Faisal, y en tu sacrificio. Pensé en ti y en tu resignación. Pensé en ti y en tu espera de lo peor. Pensé en ti, estoico ante el inminente final, y pensé en tu ciudad cercada. Pensé en el daño que te hice y que no fui capaz de reparar.

No por mucho pensarte, no por mucho descubrirte en esos ancestrales mártires de Calais, fui capaz de sacarme del eje de mi angustia. Me consolé retomando lo que un psicólogo me explicaba cuando en la adolescencia admitía mi pena por tener tan sencillos problemas comparados con los de la mayoría: el desastre de un campesino en Ruanda no tiene por qué hacer que lo de uno deje de doler. Sí, somos presa fácil; lo somos para convencernos de nuestra bondad, para persuadirnos de nuestra fatalidad y victimismo, para asegurarnos nuestro merecer más.

Con el dolor de cuello integrado a la rutina de mi cuerpo, giré la mirada hacia el otro lado del mar; me sequé los ojos, ahora más lacrimosos por tallarlos que por el viento, y recordé con resignación todo lo que dejé en Dover cuando era humano y no animal, cuando nunca te había escuchado y con mi violencia callada apuñalado. Disfruté repasando el millón de posibilidades que hubieran bastado para que no oyera el timbre de ese celular, para que hasta esa ciudad no me empaquetaran o en esa playa no cayera, para que a mi sitio y a lo mío, por mediocre que fuera y ningún libro vendiera, regresara antes de todo; para que tu destino y vida no alterara.

Una rápida búsqueda en internet me hizo entender que debía ir a la Jungla, campamento informal de refugiados muy cercano a la terminal de *ferries*. Eso lo supe apenas la tarde anterior a mi visita, pero al llegar comprendí que demasiada gente estaba al tanto de mis planes mucho antes que yo.

Televisoras de todo el mundo me esperaban para transmitir en vivo imágenes de mi presencia en el caótico asentamiento. Los reporteros me suplicaban una opinión respecto a la catástrofe humanitaria y sobre mi misión artística. Camarógrafos peleaban por ganar posición para el mejor plano. Un emisario del alcalde insistía en obsequiarme una bolsa de vinos, quesos y creo que anguilas, enfatizando que a su jefe le gustaría cenar conmigo e intercambiar "inquietudes culturales". Unos activistas agradecían mi presencia, al tiempo que otros me suplicaban no legitimar a terroristas ahí escondidos y unas jóvenes me exigían un pronunciamiento a nombre de las mujeres, de las niñas, en ese lugar abusadas.

Apareció mi editor alemán, muy estresado y rebasado por los reporteros que hacían fila para hablarle. Alguien, con gafete de todo-acceso, le grababa permanentemente y efectuaba planos con pinta de detrás de las cámaras. Con un par de gritos me abrió paso entre la prensa y reiteró en varios idiomas que no haría declaraciones, que la invitación sólo era para un *photocall* (¿o dijo *photo-op*?), que respetaran mi privacidad (sic), que no se interfiriera con mi proceso creativo, que todas las respuestas llegarían en el libro, que la gran primicia del día era que la antología contaría con ilustraciones de un cineasta (¿dijo Wim Wenders o se lo inventaron mis alas de ego?). Se le unió alguien que fue presentado ante los medios locales como mi traductora al francés o no sé si mi representante en Francia; tras ella vi a un tipo muy grande y rapado que de algún lado me pareció conocido; en la entrada se quedó Volker más entusiasmado que nunca, lo cual es bastante decir dada la carga emotiva que solía o suele caracterizarle, y sosteniendo ante las cámaras un rosario o *yapa mala*.

Buscaba con la nariz a Bettina, cuando me indicaron "Eres libre" y, tras contemplarlos absorto varios segundos, con las cámaras taladrándome en los más extremos *close-ups*, complementaron: "...para recorrer el campamento".

Seguí un irregular trazo, entre casas de campaña agujeradas, colchones rancios, latas de gas vacías, pedazos de chozas y gente que se cubría el rostro con lo que tuviera a mano para no ser reconocida por las lentes. *"Humans, After All"*, vi escrito con fina caligrafía sobre una manta de plástico, a cuyo pie corría una horripilante rata. *"Welcome to the jungle. It gets worse here everyday. You learn to live like an animal, in the jungle where we play"*, contemplé en otro lado, avergonzado de estar más pendiente por imprimirle la tonada de la canción de Guns, que por reparar en su atroz significado.

Los olores eran agrios, penetrantes, mareantes; a mierda revuelta con ajo y maderas quemadas; a comida rancia y aguas rebosantes en químicos; a drenaje por el que pasa la peor de las podredumbres; creo que también a sangre.

Olores que me apuraban a taparme la nariz subiéndome la camisa, cosa que me resistía a hacer por pena de ser captado así por las cámaras.

Olores no tan terribles como las condiciones de vida: la sordidez, la precariedad, la incertidumbre, la violencia tan latente como presente. *"RIP Europe!"*, sentí que el mensaje rojo en una lona que quería jugar a ser pared, había anticipado, al estilo Vugar, lo que musitaba mi mente. No conseguí evitar un escalofrío al recordar la sofisticación e ilusión europeas de tu amigo o hermano: ni rubias ni catedrales, ni Fichhhhht ni Nishhhhh, ésta pudo ser la única cara de Europa que quien pensaste que al teléfono era yo, descubrió (que el Misericordioso, que al-Tawheed, que al-Aziz no lo permita, créemelo, si algo me haz de creer, deseo de corazón).

Di vuelta frente al grafiti de Steve Jobs como refugiado sirio, dejado —me tropecé al recordar la última vez que leí su nombre— por Bansky; ante él posaban para fotos los reporteros y policías que por mi visita se aventuraban en el infierno, toda vez que ya tenían fotos abrazados de niños desnutridos y parados ante fachadas marcadas por bala. La traductora francesa, o mi representante, o mi jefa de prensa, recibió varias peticiones para hacerme posar ahí; noté sus tímidos intentos de interpelarme y saboreé desviando los ojos cada que me iba a hablar; una de esas guapas que no están seguras de serlo o que se sienten incómodas siéndolo, cavilé hasta sentir que había pisado una cucaracha.

Señoras me pedían que cargara a sus hijos, como si mi simple tacto hiciera una diferencia; adolescentes me suplicaban por una oportunidad para salir de ahí, como si yo tuviera el poder de hacer algo (me cuestioné: ¿lo tenía?, ¿cómo y en qué medida?); un niño casi de brazos se colocó la mano en el corazón y recitó el himno de su lejano país, esperando a cambio alguna moneda que, a mi nombre, le dio el gigante rapado que escoltaba a la chica francesa (pero, ¿de dónde demonios lo conocía?).

Unos personajes, que se presentaron como líderes del campamento, discutían por el rumbo que debía seguir: si ir a la zona siria, si a la afgana, si a la somalí, si a la sudanesa. Mientras reñían, una niña que tiritaba de frío se acercó a jalarme la camiseta y darme unos papeles engrapados con un clavo oxidado; me perdí de lo que intentaba comunicarme, deseando que se llamara Rawah; pensé entonces que, por mucho que su sueño fuera visible tras el Canal de la Mancha o al borde de las vallas del improvisado campamento, esto no podía ser mejor que su tierra; de inmediato me arrepentí de sacar conclusiones: sin duda, esta porquería, este abismo, este abuso, esta cloaca instalada entre las pretensiosas Inglaterra y Francia, entre Louvre y Tate, entre alta cocina y alta costura, esta debacle de nuestra civilización, era mejor o, al menos, les permitía suponer algo mejor.

Me sacó del ensimismamiento un adulto, cuyos hermosos modales no se aplacaban ni con los andrajos que vestía. Pedía disculpas por el atrevimiento de su hija y recalcaba que sólo escribía para dejar huella de un pasado tan de súbito cercenado, como combate al inminente olvido, como alternativa a la locura, como acto final de resistencia. La niña (o más bien adolescente), en un inglés que me sorprendió por tan estadounidense, cerrando cada enunciado con sonsonete de interrogación, me habló de que me había entregado la novela de su papá y dijo algo sobre la añoranza del olor a jazmín de Damasco; entendí o quise entender que eso formaba parte del relato engrapado en óxido; le expliqué con palabras mal hilvanadas, que ignoraba el olor a jazmín. Los fotógrafos se deleitaron recuadrando el momento; en vez de preguntarles por su procedencia o sufrimiento, me ocupé de buscar pie a la foto que nos efectuaban: "antológica solidaridad", "un mundo que no quiere leer (ni ver)", "páginas de esperanza"... o, más largo, "el antologista recibiendo un libro no leído de la hija de un escritor refugiado"... o más pretensioso, "Antología de las tragedias no leídas"... o más cursi (a propósito, *cher* Faisal, no creo que cursi sea igual que kitsch), "Abrazo a la Jungla".

Se impacientó el representante de los afganos, repitiéndome algo de los Talibanes; me tomó la cara para captar mi atención el de los sudaneses, que gritaba "¡Darfur!"; me ofrecieron una bebida el de Eritrea, que bramaba "¡Afwerki!", y el de Zimbabue que chillaba "¡Mugabe!"; jaloneó mi mano el de los sirios que de tantos nombres que pretendía gruñir, se encimaba y tartamudeaba. Horrible competencia por demostrarme quién acumulaba más dolor y, por ende, más méritos para acapararme, llegó otro, reiterando "¡Kurdistán!, ¡Kurdistán!, ¡Kurdistán! *Free us! Freedom Kurdistan!*".

Con el rostro más respetuoso que pude ensayar, regresé sobre mis pasos y sin mayor preámbulo pregunté al padre de la niña de jazmín, por Faisal, si le esperaba en casa algún Faisal, si sabía de algún Faisal. De inmediato, lo desplazaron todos quienes me rodeaban y aseguraron que sí, que lo conocían, que me podían poner en contacto con quien yo quisiera, que los siguiera, que su Faisal era el que yo necesitaba, que la Jungla estaba llena de Faisales.

No sé si en ese preciso momento o minutos después, vi crecer un fuego al fondo y correr a una marabunta hacia las rejas; escalaban, se pisaban unos a otros, se atropellaban. Policías y camarógrafos apuraron en esa dirección. Reporteros tomaron posición para hacer la aparición a cuadro de su vida, con inocultables rostros de felicidad al ver, a un lado, arder chozas ajenas, y al otro, una estampida humana. Tropezó por ahí una anciana con hiyab, desesperada por extinguir una llama que hacía arder su casete VHS. Se extenuó una mujer embarazada que pretendía correr con dos niños en brazos. Se desparramó una caja de cartón llena de especias. Sobrevolaron aves de rapiña, haciendo cada vez más cerrados círculos, conscientes de que habría botín y festín.

Tras la barda que delimitaba el campamento, jóvenes saltaban adentro de camiones de carga, escalaban semáforos, trepaban sobre vagones, peleaban por hacerse del mejor escondite. Adentro, fuego, gente, gritos, humo, trifulcas, gallinas despavoridas, robo violento de equipo de las televisoras, todo tan rápido y simultáneo como para impedirme fijar una línea cronológica, por mucho que estuviera parado en un punto más alto que me otorgaba cierta perspectiva. Para colmo, creo que en ese instante un grupo de jóvenes europeos entró lanzando consignas contra los inmigrantes, elevando brazos fascistas y repitiendo la palabra "blanco". Alguien, refugiado o no, se paró muy cerca de la marcha y los culpó de comenzar el incendio; me alejé antes de que me llegaran los inminentes choques o golpes.

En esa vorágine de huida y desesperanza, de humo y polvo, de violencia y venganza, de todos contra todos, perdí de vista tanto al escritor como a su hija de jazmín. Me aferré con fuerza a las hojas que me entregó, cuidándome de no pisar desechos humanos o humanos deshechos, por igual desperdigados. Me dejé arrastrar por un médico que, en un pasadizo entre dos láminas enmohecidas, me relataba lo que era pretender curar ahí y enlistaba los casos urgentes: gangrenas, kwashiorkor, enfermedades que se pensaban erradicadas, leptospirosis por contacto con orina de animales, ictericia, cólera, las infecciones que se pueden esperar cuando hay un baño por cada centena de personas (al captar que yo no comprendía la magnitud de eso último, puntualizó que en los campamentos de refugiados formales, el límite más emergente son veinte personas por cada baño).

Desesperado comencé a preguntar por Faisal, a gritar por Faisal, en unas imágenes que ya se emitían en vivo y rebotarían por casi cada rincón del planeta. Me vi en la televisión, y deseé que desde en donde estuvieras me vieras, llamándote y sosteniendo el teléfono, desgañitándome en tu nombre ante cada micrófono, buscando en el celular esa imagen de los dos niños abrazados para exhibirla como seña, hasta que en la corredera y escapatoria de la gente hacia la reja, alguien me golpeó (no puedo asegurarlo, pudo ser uno de los jóvenes anti inmigrantes lo mismo que alguno de quienes querían huir) y se me resbaló el aparato. Temí que te había perdido para siempre, temí que tu voz quedaría enterrada en la Jungla, de donde quizá salió para tener la mala suerte de llegar al hermético egoísmo de mis oídos en Dover.

Lloré como sólo recuerdo haber llorado antes al otro lado del mar, aunque en el video, muy repetido en redes, apenas luzco hincado y no se escucha voz, lamento, gemido alguno.

Poco me importaron las astillas de vidrio desperdigadas y el patético (disculpa recurra a tu palabra) espectáculo brindado a las cámaras: el gran artista conmovido, su lección de conciencia y respeto, su resistencia contra la indiferencia de los políticos, su pasión contra la apatía de un continente, su humanismo contra la barbarie, su rezo de rodillas por un futuro mejor, "La Europa que todavía siente" (leería más tarde en algún periódico italiano), "El refugio es él" (leería o me inventaría después).

Un jalón en el pantalón, me sacó del trance. La hija del escritor se agachó a mi posición y me entregó el teléfono, con la pantalla craquelada y una llamada perdida. Vi de frente a mí, o eso creí, el Bar Euro-Kafir.

Crecía la bruma. Tras las olas, la balsa de piedra británica se alejaba.

24

Me quedo solo. No te reconocerías este lugar. El desierto que se quedó desértico, decían cuando la fila, y que se iban, y que ya sabían que no más, cuando la fila éramos todos menos yo.

Y, atiende… Es que te… te… sí… que no te lo creerías, y que pues te mordería de vuelta. Escucha a mí. Te mordería de vuelta estar aquí, que estar aquí y ver lo que quedó de lo que fuimos es la peor de las mordidas. Te mordería cuando ya el mercado que era agitación no hace agitación. *Comme on dit?* Bullició. No hace más del bullició. Y cuando el único ruido es el de quienes saquean lo poco que quedó, raspan, escarban, seguros de que alguno dejó joya enterrada; ilusos, con gente aquí nunca hubo dinero, sin gente menos lo habrá. O el ruido cuando pasan algo alto algunos de los aviones que han de ver tan poco debajo que ni se molestan en soltar bombas. Ya sabes, nada nuevo que se bombardeen los sitios que supuestamente se van a liberar. Pues ni a eso llegamos aquí.

Y cuando, cuando…, cuando crees que has ganado tiempo es porque entiendes que sólo lo has perdido.

Un mundo sin humanos. Decías tú, *cher enfant nihiliste*, pedías tú. Un mundo sin humanos. Y siempre creí que lo había dicho Tío al volver de algún viaje a sitios muy, muy, muy, desérticos. ¿Puedo usar la palabra? Él decía la palabra y… y… y no sabíamos, nunca supimos, nunca sabremos lo que aquí venía a ser. Desértico. Ahora, aquí.

Un mundo sin humanos. Tío no es hace tiempo compañía. A él le acompañan adentro de la mente. Y yo creo que le acompañan bien. Porque es sereno, está sereno, ríe, hasta se contesta en tono afable. Antes preguntaba en angustia. No más. Ve pasar el tiempo, como si el tiempo no fuera con él, o como si el tiempo al fin fuera de él. Y recita países que conoció, novias que acumuló, por cada cual alzando poderoso un peso, siempre prefirió sus ciudades y sus amores a los números.

Un mundo sin humanos. Con Rawah a mis piernas. Que su madre pensó que no era seguro llevársela, que porque si caían en el agua, que porque… Como si fuera seguro dejarla. Yo resto con la Rawah abandonada y con Tío abandonado pero y con Tío abandonado pero por sus problemas: país a país, idioma a idioma, mujer a mujer, hoy es tan feliz.

Tú todo lo querías observar, *cher frère*, tú todo lo querías fotografiar, *mon ami,* tú todo lo querías *témoi*… *témoi, témoi*… testi… atestiguar. Todo lo querías atestiguar. Todo. Y te has perdido esto: tu calle, que ya no es calle, tu plaza que ya no es plaza, tu café, que más bien era tu clandestino arak, euro-kafir, que ya no es nada. Tus vecinos ya no son, ya no están. Tu pueblo ya no es, ya no será. Tu tierra ya es eso. La locación abandonada de una film que nunca se editó. Yo soy lo que queda. Yo soy lo que queda. *En attendant à toi, cher Godot.*

No quedará ni para turismo miseria. Nadie habrá de venir acá si no es para ver al demente que se quedó con el viejo demente que le quedó y la niña que terminará por tornarse demente porque no le quedará más y del romance no sabrá jamás. Su primera sonrisa, hermosa sacando de lado la lengua, es ante la desgracia. Su primera palabra, si es, si llega a ser, sufrimiento será. Tu Brecht haría una obra con estos tres personajes, con este absurdo, con estos diálogos imposibles, con esta… con esta…

con esta nada, negación de lo que fuimos o de que… o de que…
o de que alguna vez aquí existimos.

Attends. Attends. Attends. Atiende. ¿Te lo recuerdas? ¿El *roman*
que íbamos escribir? ¿Su nudo? ¿Cómo todo se enredaba por el
diferente sentido de ese verbo en francés, inglés y español? Pues
entre la espera, la asistencia y la atención que no recibo, ya es
tarde para todo, *you will not attend.* Incluso es tarde para que te
pague. Incluso es tarde para que me vaya. Creo que incluso es
tarde para que aquí llegues: ya no hay a dónde llegar, mucho
menos cómo llegar.

Si ves un mapa, por mí, que ya no lo podré hacer, borrarás
el nombre de este lugar, de tú lugar. Un mundo sin humanos…
y es raro que cuando lo decías, o lo decía Tío, este Malone que
se me muere, siempre pensé que ese mundo sin humanos tendría algo de humanidad. No aquí, no aquí, no aquí. No, ya no.

Aquí, Faisal.

25

"Qué cómodo decir que no existe la maldad y que todo se limita a complejos".

Tras un rato de silencio por la carretera rumbo a París, no entendí si el comentario, en impecable español, era la mejor forma de abrir una conversación o entretener los kilómetros. Quizá por eso me ocupé más en asentir y devorar el expreso que me prepararon en una máquina conectada al coche, que en buscar réplica o palabras. Ella, Mélanie, la guapa que pensé que no se sabía guapa pero que ahora comprendía que más bien explotaba esa pose de no saberlo, reanudó desde el asiento del copiloto, embelesada al moverse el cabello de lado a lado.

"Y es que… puestos a eso, tan acomplejados como el malévolo, el paranoide, el opresor, el racista, el depredador, el megalómano, el invasor, el manipulador, o como el más despiadado y violento de todos los hijos de puta, estamos los que nos hicimos fotos en La Jungla, los que esperamos sean aplaudidas, aceptadas, celebradas, esas fotos posando con la desgracia ajena. ¿O no tanto? Escucha, cada loco con su vacío, la cosa está en llenarlo sin triturar a nadie. ¿De acuerdo? Y por otro lado, la maldad existe, sí, claro que sí existe, mas…".

Impulsado por el golpe de cafeína que me había aliviado un fuerte dolor en las sienes, interrumpí el monólogo con una firmeza que jamás me había conocido: "A propósito de depredadores, de opresores, de invasores… De manipuladores. A propósito de maldad y complejos, ¿no se les ha ocurrido que yo tengo una vida, que tengo una opinión, que tengo derecho a una decisión? ¿Que fui alguien antes de personificar involuntariamente a su Borya? Otra vez han ido a mi hotel a buscar mis cosas, a ocuparse de mi pasaporte, a doblar a su gusto mi ropa. Otra vez me tratan como marioneta, como incapacitado, de carretera en carretera actorcillo de su *road movie*. Otra vez me llevan sin mi consentimiento y sin compartirme detalle del destino o la causa del traslado. Haremos la noche en París, me dijo tu amigo, el chofer, y yo a asentir, a decir que sí, a bajar la cabeza y ser lo que quieran que sea, ser Truman con todo y su show, ser su Borya Alexiévich con, con…".

Iba a mencionar la antología, pero me distraje viendo que algo ardía en el paisaje e imaginando, no sé por qué, a Oksanna o Roxanna parada al borde de esa autopista. Antes de que la chica se rehiciera de mi catarata de palabras, atorado por ahora el cabello bajo su oreja derecha, reanudé con un tono más bajo y, me sorprendí, más agresivo: "Dejaré este coche sabiendo qué quieren de mí, quiénes me manipulan, quiénes me mueven, quiénes me empacan y despachan, quiénes me convierten en protagonista de la novela que les ha dado por ir escribiendo sobre la marcha o a cuyo guion se adhieren con fidelidad. Sí, ¿Mélanie, Valérie, Natalie? ¿Cómo te llamas? Mélanie, complejos tenemos todos y de los complejos vienen buena parte de los males, no has mentido… aunque explicar con sus complejos su maldad, explicar con mis complejos lo que me han hecho, explicar con sus proyectos su…".

Como si no entendiera de lo que le hablaba o como si nada hubiera escuchado, Mélanie interrumpió en tono amigable, ahora con palabras más cargadas de acento francés en las últimas sílabas, peor conjugadas, de pronto debatiéndose entre si elegir el verbo ser o estar, quizá producto de menor comodidad, quizá mera puesta en escena: "Tiene menos de un año que Bar

Euro-Kafir ya cerrado, puede ser que ocho meses. No es claro si el propietario era un francés del sur, acusado de tráfico de blancas, o un refugiado que podría ser sirio o iraquí. Las fechas coinciden con la posible salida de tu Faisal hacia Dover, pero imposible saber si, si, si…".

Las palabras se le fueron en el peor momento y un desquiciante timbre de celular la rescató. Tomó la llamada explicando al interlocutor que le llamaría de vuelta en dos minutos y rápido me mencionó a la niña de jazmín, a un plan de la editorial para su padre y la antología, a la importancia de convencerlo de ser Faisal o jugar a Faisal, cosa que de entrada el refugiado había rechazado, que la única prioridad era crear razones para que más y más de ellos pudieran quedarse en Europa.

Devolvió la llamada. La escuché hablar en inglés mucho peor que en español. Me pareció que coqueteaba o dejaba que se le coqueteara, cada vez más aguda y sonriente. Cerró exclamando "siempre adivinas lo que cargo en la mente".

"¿Vugar?", pregunté, y no contestó.

Exigí con insistencia y gritos que paráramos. Mélanie indicó al chofer que se saliera de la autopista en la siguiente estación de servicio, para la que faltaban, según una señalización, siete kilómetros. Minutos de silencio tenso e insoportable, en los que sólo se escuchaba el repicar de sus dedos contra la pantalla del teléfono, mandando mensajes, y una mosca rebotando de ventana en ventana, nostálgica como nadie antes de los olores y espacios de esa Jungla de la que, como yo, sin intención fue evacuada.

Bajamos en la estación. Me llamó la atención que volvía a sonar la canción de reggae sobre una plantación que no da nada. Abriendo los brazos ante el bufet, Mélanie me suplicó tomara lo que gustara, sacando al tiempo una tarjeta de crédito corporativa. Cuando al fin se sentó y notó que le iba a decir algo, hizo una trompetilla (o, más bien, un puuuuuf, que me recordaba a Faisal). Me pidió que esperara un momento, que ya venía gente adecuada (o dijo cualificada, o dijo autorizada) para responder a mis dudas. Ahora hablaba en español con trabajos, con fragilidad, más que por nervios como mecanismo para posponer todo diálogo: hablaba tan bien como resultara conveniente. Volvía a personificar a la guapa que no se sabe tal, Sísifo agobiado con desplazar ese cabello de un lado al otro.

En un periódico nocturno, no sé si llamado *Ce Soir* o algo así, había un buen artículo sobre mi visita a La Jungla, sobre las condiciones de vida, sobre la necesidad de trasladar a los refugiados a mejor sitio, sobre el incendio de esa tarde, sobre mi misión artística (o la de Borya). Un muchacho de apariencia norteafricana me pidió que le firmara la primera plana, con mi foto recibiendo de la niña de jazmín las hojas engrapadas en óxido. Me contó algo no sé si de unos familiares o amigos que estaban varados en los Balcanes, que si regresaban a casa la muerte era segura, que no hallaba cómo avanzar los trámites para reasentarlos, me apretó el hombro repitiendo su gratitud y se despidió con un *Bon courage!* rugoso, carraspeado.

Había dado mi primer autógrafo con una sonrisa, pronto arrepentido de ser visto tan cómodo en mi papel de celebridad. Mélanie descorchó una botella de vino y me dijo casi sin voz, mirando hacia los lados para asegurarse de que nadie la escuchara, "Tiene un poco de tiempo, piénsese bien lo que le va a pedir".

En la estación comenzaban los acordes de *Fame* de David Bowie o acaso así musicalizó mi mente el momento. *Fame, what you like is in the limo. Fame, what you get is no tomorrow.*

Brindé con Melanie y, al segundo sorbo, envuelto en cada aullido de fama, notando que todos los empleados de la estación se formaban para verme o interpelarme, temí caer sedado.

26

Esto es… Un día unos se fueron, otro día otros llegaron.

No dejé de llamar porque supiera que no escuchas, no respondes o ya no estás… sino porque, porque… porque estaba bien ocupado observando. Y aquí ha habido demasiado que observar. *L'invasion, l'invasion, l'invasion!* De la tragedia a, a, a… la invasión que, visto bien, es una sustitución. ¡Bienvenido a la mayor puesta en escena del teatro del absurdo! No más tu Beckett, (¿O Brecht?), *cher* Godot.

Atiende. Atiende bien que palabras más extrañas no atenderás. Escucha a mí.

Que tenemos nuevos vecinos. Que se fueron unos muy ruidosos y desesperados y no tardaron en llegar otros más ruidosos y desesperados. Que el mercado ya es en otro lado, con su agitación, (¿decíamos, bullició?), porque los nuevos no sabían dónde era el anterior, tampoco es que me fueran a preguntar, y lo instalaron más o menos donde jugábamos pelota. Que tu calle ya es de nuevo calle, pero ya no es tuya y dudo que mía, porque… porque… porque corre y suena diferente, huele diferente. Que… Que… Que si el lugar era su gente, éste ya es otro y el que se ha mudado soy yo, y el que ha de adaptarse soy yo… dialecto, vida, *coutume*…costumbres, ritmo. *Homesickness*: enfermo de la casa que se fue, nostálgico de lo que hubo y de lo que no alcanzó a haber, enfermo en mi misma casa que ya no es.

Más para tu teatro, más para el libro que prometías escribir y quizá ya no alcanzaste a escribir o las fotos que pretendías hacer y no podrás venir aquí para hacer: un día despierto y todos son otros, y voy yo a presentarme, como a disculparme por haberme quedado, por invadir a los invasores. Yo, excepción que confirma la regla de que podían instalarse y tomar hasta nuestro aire, hasta nuestra tierra, hasta nuestros *yasimin* (¿te recuerdas de la frase del aroma a jazmín y un crujido de arena?, ¿o era poema?, ¿proverbio?); jazmín, nuestra reina de la noche, nuestro aroma, ya es de otros, perfuma a otros, para otros.

Y donde Rashid, ahora está el té, y donde la carpa, ahora hay un barbero, y donde hubo casa ya hay tienda, y donde hubo tienda ya hay comida, y donde hubo comida ya hay baños, y donde baños ya hay ganado, y donde ganado ya cárcel, que hasta con prisioneros vinieron. Y donde rezábamos ya hay cenizas. Y donde rezan más pronto que tarde las habrá, para allá va todo, para allá vamos todos, la cremación como garantía. *Among the believers*, ahora estoy —¿te recuerdas del libro de Naipaul que te trajo Tío? Cada vez más joven esa frase tan vieja que dejaste subrayada y hoy reviso en una página que no terminó de arder: «El Estado Islámico, leí, era como una cometa que vuela muy alto, invisible entre la neblina. "Yo no puedo verla, pero hay algo que te arrastra"».

Que esta invasión, que esta sustitución parece… seguro te recuerdas del *jeu des chaises musicale*. ¿Juego de las sillas? Alguien que viajaba… No sé si tú… O si Tío… Llamaban al juego Viaje a Jerusalén, que porque en Alemania así le decían al juego… Ya sabes, mi memoria de lo inútil, que entre menos reconoce su espacio, más lo pinta con recuerdos.

¿Te confieso algo? Un mundo sin humanos, como hace unos días, fue mejor que mi mundo con otros humanos, donde sobro y estorbo. Le quieren cambiar el nombre al pueblo, pero es un problema. Trajeron señalizaciones de dos lugares de donde vienen, no me entero si de etnias o caprichos distintos, lo mismo da, y pelean por imponer el nuevo nombre. Lo que las bombas no desaparecieron, los letreros lo borrarán… Atiende. Ya te diré si vivo, ya te diré si vives, el nuevo nombre para que lo anotes en el mapa, un pequeño tachón de la historia suele bastar para decidir lo que se recuerda y lo que se sepulta.

Pensaba en que… Mi *qadar*, mi destino, era quedarme; estaba predestinado a quedarme como testigo. Por algo *shahid* significa antes que mártir, testigo, pero, escucha a mí, si soy mártir, mi Guerra Santa es tu espera y mi enemigo tu silencio. Naíf. ¿Así se dice en español? Pues eso, muy naíf. Aunque si ellos llegaron es que tú ya puedes volver. *Très naïf*: para volver tienes que vivir; más difícil, para volver tienes que querer venir, porque aún con vida, dudo que… Aquí, que ya no parece aquí, que ya no es aquí, Faisal.

27

La escenografía sería una biblioteca que, me mostraban diagramas, también incluiría los libros rechazados por alguna editorial o editor, moción propuesta por un escritor en Francia. Los ejemplares, hasta adelante los de Borya Alexiévich y Ruslán Eruslánovich, serían obra de la mejor utilería. Las locaciones para unas pequeñas cápsulas promocionales, se montarían en Chipre: el bar Euro-Kafir en un viejo karaoke ruso de Lárnaca (al decírmelo, risas que se pretendieron de complicidad, supuse que por el precedente de Bakú); el turquesa del mar Egeo sería retocado en video para convertirse en el grisáceo Canal de la Mancha; el *hammam* en la zona turca de la isla; el pueblo desde el que me llamas (más bien, desde el que llamas a quien sea que pretendías llamar), en un par de paredes con fondo árido, la toma aérea sería de archivo; a un lado, en medio de un horrible bloque de unidades habitacionales insertadas en postproducción, el gallinero donde Borya abandonó sus libros y comenzó a hacer con ellos arte-objetos.

Con entusiasmo se refirieron a las licencias literarias a ser tomadas; por ejemplo, mostrar a Borya botando su vieja máquina de escribir (propuesta de script, una Olivetti Studio 42) para rescatar de los coches a una mascota: *Save the Cat*, explicaban, técnica hollywoodense para congraciar al protagonista con la audiencia.

Se interrumpían y anotaban con entusiasmo todos quienes estaban en esa suite francesa, todavía sin unificar criterios sobre cómo pronunciar y dónde acentuar el nombre Borya (del Borgia inglés, al Bogiá francés, a un Bóriya que me pareció italiano), prueba de que esa efervescencia era nueva también para ellos.

Pat Sherwood balbuceó algo con los ojos entrecerrados, casi como si hablara dormido, de a poco dotando de claridad a su reflexión. "Bhhh, entonces. Lo que mhhhhh. Buen trabajo, pero... es que. Sí. Miren. Porque así... Lo convencional. Sin duda. Sí, lo que me dicen sería el plan de producción convencional. Pero... ¿Cómo decirlo? Nosotros... Nuestro proyecto, no es convencional. Nuestro personaje, no es convencional. Y nuestro producto, morirá en la convencionalidad. Borgia o Borya gusta por diferente, por desafiante, por eso es tan real. Lo que está de moda, pasa cada vez más pronto de moda. Vamos a quedarnos, sí, con lo de la mascota y la Olivetti regando sus teclas sobre el asfalto al caer; esa figura es poderosa... los símbolos, el... ¿ética vs estética?, eso dará la vuelta al mundo, pero nada de tomas *super slow*, nada de tecnología. Aquí la clave: planearemos que no parezca planeado, produciremos sin que parezca producido".

Se hizo un silencio tenso, lleno de confusión, con los guionistas viendo sin ver sus papeles. Mélanie aprovechó que ahora Pat se ocupaba en agarrar de la mesa un puño de almendras, para informarle con no poco agobio: el padre de la niña de Jazmín, ese escritor de mirada triste y páginas engrapadas en óxido, no aceptaba todavía actuar de ti, ser Faisal: que no se trepó a un pedazo de madera en el Mediterráneo para dejar de ser sí mismo, que no arrastró a su familia a la más riesgosa huida para mentir, que si ha de entregar mensaje o letra algunos, será desde la dignidad y no desde la impostura.

"Dignidad o vanidad", se repitió a sí mismo Pat Sherwood, demasiado bronceado para ese mes y recibiendo con un suspiro el whisky que el grandote le había preparado. Aterrizó su dispersa mirada en mí y complementó en voz más cordial: "No obligamos a nadie, después de hoy tú lo confirmarás. Es sólo que... Nosotros no obligamos, convencemos". Nuevo freno, concentrado en lo que los inquietos hielos pudieran revelarle y con su nariz esperando algo más de lo que subía desde el vaso *old fashion*.

"Ese buen hombre no verá otra oportunidad así en su vida. Nada le garantiza brincar a Inglaterra. Nada le garantiza quedarse en Francia. Nada le garantiza salir de uno de esos campamentos de refugiados. Nada le garantiza escapar de... Y si acepta, la hospitalidad, la bienvenida, ya sabes, la aclamación a un refugiado célebre es directamente proporcional al rechazo a los millones de refugiados que morirán más pronto que tarde sin nombre ni rostro, víctimas colaterales, infames números". Orgulloso de su frase, Pat trabó la quijada, frunció el ceño y manipuló el vaso con un elegante movimiento de muñeca. "Dignidad o, ya no diría vanidad... más que vanidad, más importante que la vanidad, supervivencia: dignidad o supervivencia, no hallo el dilema. Vanidad de vanidades, todo es vanidad, hasta que ves a los tuyos en peligro".

Desde la parada en la estación a la salida de Calais, yo apenas había vuelto a decir palabra, como si sin cafeína no hubiera argumentos o como si el vino de Mélanie más que sedarme hubiese sedado mi capacidad de expresión. Recuerdo que minutos después del autógrafo en la primera plana del *Ce Soir*, llegó el grandote, rapado como había constatado sin reconocerlo en La Jungla. Dijo algo al oído de Mélanie, quien reaccionó cambiando otra vez de lado su cabello.

Con modales que parecían sobreactuados, el grandote me invitó a caminar con él hacia la calle. Debí, y así lo pretendí, preguntarle por Oksanna o Roxanna, pero por temor, o creo que pudor, le pregunté por Rodión. Por respuesta obtuve una poco clara y muy esdrújula explicación de cuando estuve desplomado en Waterloo, rematada, casi sin espacio, por su mano tendida y su presentación: *"Gleb. You can call me Gleb. You know the martir? Saint Gleb? Son of Vladimir? Brother of Boris? Then every Borya is my brother!". Then every Borya is my brother! Borya is Boris, Boris sounds Bariiis. Don't worry, later you will learn."*

Subimos a una camioneta en cuya cajuela ya estaban instaladas mis pertenencias. Pisamos París cerca de la medianoche y, sin escalas, llegamos a un hotel pegado a la Porte Maillot. Con Mélanie y Gleb por delante, entramos a una suite en la que había no menos de ocho personas y un buen alboroto. Pat Sherwood, el de la City, me saludó con un efusivo y no menos irónico, *Finally!*

Lo recordaba más alto y de facciones mejor balanceadas. En cuanto a su entonación, era idéntica que en Waterloo; penetrante, rítmica, a ratos sarcástica, siempre elocuente; parecida, o así se me figuró, a la que emplea en sus narraciones Stephen Fry.

Tras escuchar los planes de producción del equipo y de inmediato ponerlos en entredicho, habló de arte, habló del mercado, habló de las audiencias, habló de nuevas tecnologías, habló de nuestra misión, hasta que de espaldas a mí, contemplando en la ventana un pedazo de la Torre Eiffel que seguía iluminada, cambió el tono de voz: "Hay sólo dos formas de ser leído no sólo en todo el mundo, sino por todo el mundo: la primera, siendo el autor de la Biblia, del Corán… y me temó que ni así. La segunda, ser conocido y admirado internacionalmente, ser realmente famoso, que no haga falta dar mayor contexto para emitir una noticia tuya, que baste referir tu mero nombre en el noticiario de cualquier país… tu… tu *nome de guerre* para que todo quede claro… ser global, realmente global, conocido y admirado, deseado, global".

Se le acercó otra vez Mélanie y algo le dijo, supuse que sobre el padre de la niña de jazmín, esta vez sin que los demás pudiéramos escuchar. Pat se limitó a negar con la cabeza, aparentemente molesto por la interrupción, y continuó hacia mí. "Verás.

Hoy hay más preocupación o, debo decir, hoy hay más interés, por el 'quién' que por el 'qué'. También más por el 'por qué' que por el 'cómo', pero, tú sabes, con un imponente 'quién' saciamos todo, no hace falta responder a más preguntas: no importa qué y cómo escribas, la gente te leerá si le interesa quién eres y, en segundo orden, si le interesa por qué escribes: si escribes por haber sufrido esto, si escribes por haber sobrevivido eso, si escribes tras haber superado aquello. He revisado lo que escribes, me lo han traducido. Bien. Muy bien. Una suerte que nos hayamos encontrado. Pensar que en Waterloo, cuando… Imposible imaginarlo. Buen estilo. Vocabulario. Poder. Convencimiento. Ritmo. Evidentemente cultivado. Elementos diferentes que… Yo diría…"

Me afectó más que hiciera una pausa justo cuando me estaba elogiando, que el hecho de que no hubiera detallado lo acontecido en Waterloo, como si ese vacío ya fuera parte de mí. Se rascó sonoramente la cabeza, se arremango teniendo cuidado de guardar bien las mancuernillas en una pequeña bolsa de terciopelo azul y se disculpó, pero no por haber interrumpido en la parte de los halagos. "Qué vergüenza no haberte servido algo. Lo que prefieras. ¿Expreso doble como siempre?", ofreció natural, cual mesero que te conoce de toda la vida.

Volvió al sillón, aflojándose muy concentrado la corbata, como si midiera la cuota precisa de centímetros a bajar el nudo. "Y… sin embargo, siendo razonablemente bueno para escribir, gastaste de tu propia cartera para publicar y a nadie le interesó. En este mercado, como en la mayoría, la calidad es hoy lo de menos, el éxito resulta más bien casual, la mejor comida no es la más cara, el mejor cine no es el más taquillero, los mejores diseños no son por los que se paga más, las mejores letras no son ni serán las más leídas".

Llamaron a la puerta. Me imaginé entrando a Volker, a Vugar, al maestro de pintura, incluso a Oksana o Roxanna, aunque sólo era el servicio de comida con un frondoso plato de quesos.

Pat clavó con su palillo lo primero que encontró y, todavía masticando, retomó: "Seamos claros. Querías ser leído. Así empezaste, así empezamos. Querías dar rescate a los no leídos. Querías dar voz a los rechazados en letras y hasta a los rechazados en vida, si quieres llamar así a los refugiados. Aquí tienes. Este *storyboard*, léelo, omite la híper producción de Chipre, detalla todo lo que haremos con nuestra marca Borya".

Alzó su vaso y ahora habló hacia todos: "No nos devoraremos el whisky con un solo trago, no seremos avorazados. Y es que, si a partir de ahora lo mandamos a la televisión, recibe condecoraciones, abre encuentros literarios entre McEwan y Auster, canta con Bono y Madonna, visita cárceles junto al Papa, da patadas iniciales en Wembley, durará lo que hoy todo dura: poco menos que nada. Por eso lo de Chipre, que sonaba tentador, no. Ahora que si mantenemos la tensión literaria, si continúa desde fuera del sistema, si juega como ha jugado al rebelde desaparecido, si dosificamos sus párrafos, sus páginas, sus palabras, la historia se escribirá sola. Todos sentirán empatía, todo será publicidad, porque los medios correrán a reproducir cuanto surja de nuestro entrañable Borya. Sorbo a sorbo, este vaso de whisky durará años, cada vez con mejor sabor y textura. Mira la evolución en ésta gráfica… ". Tardó en encontrar en su dispositivo móvil una serie de pizarras o fue que aprovechó el pretexto para revisar algunos mensajes.

"Ahora sí. Observa. Mi primera proyección de ventas eran cien mil ejemplares, hoy no hay manera de que vendamos menos de cincuenta millones. Los germano-parlantes, como ya has visto, te aman. En Estados Unidos han surgido grupos que ven en ti algo religioso, ven en ti una redención, lo que queda de los Beat necesitaban tanto a otro Dean Moriarty, ¡malditas drogas!, que a ese pedestal están dispuestos a subirte. Qué decir de Japón, donde en tu honor habrá este sábado una jornada de leer al prójimo; algo raro, muy de ellos, le han llamado *Burijji bungaku*, "Puente de las letras", o algo parecido; es como un amigo secreto o amigo invisible, con cientos de miles de participantes ya registrados, listos para leerse mutuamente, según indique el inmenso sorteo quién va a leer el cuento, texto, lo que sea, de quién. En Hong Kong vuelven las protestas con paraguas, ahora inspiradas, no me preguntes cómo, por Borgia... perdón, Borya, Borya: eres pretexto para exigir libertad, expresión, un mundo más humano. En América Latina corre el rumor de que les perteneces, entrevistas con el que dice que te conoció de estudiante, con la mujer que no supo descubrir en ti tanto atractivo como ahora, con el librero que quiere darse un tiro por haberte rechazado, con supuestos familiares que, bien sé, ya lo hemos investigado, no lo son. Lo de las locaciones que viste, lo de Chipre, anótenlo bien, no va, esa sería nuestra tumba. En lo que hagamos aparecerás apenas de espaldas, fuera de foco, a distancia, imágenes de apariencia furtiva, casera, improvisada, que ilustren tu recorrido por el mundo, que refuercen ese mensaje que no dirás y acaso no existirá, que obliguen a la audiencia a armar el rompecabezas, a decir y decidir quién es Borya; cada quién armará un Borya de acuerdo a sus complejos y necesidades; cada quien leerá en Borya lo que más requiera. No confirmar ni desmentir, será nuestra mejor comunicación".

Mientras que Sherwood volvía a atacar con ansiedad el platón de quesos y los guionistas creaban un pequeño barullo para recomponer mis pasos, retomé angustiado lo que Mélanie me había dicho unas horas antes: "piénsese bien lo que le va a pedir". Pensé en que, de tanto pensarlo en el camino, súbitamente lo había olvidado. Pensé, quizá con alivio, que ese planteamiento daba por hecho que yo saldría de esa suite siendo Borya, que ya no había nada qué decidir, sólo qué a cambio pedir. Obligado, no; convencido. Su pregunta era más bien el aviso de que ya no me quedaba más que aceptar.

Enredado en mis reflexiones por varios segundos, Pat me pasó una mano frente a los ojos. "¿Estás conmigo? ¿Has vuelto? ¿Te pongo otro expreso? Te decía. Ya eres una estrella, pero te apagarás de inmediato sin la estrategia correcta, si pasan esos quince minutos de fama. Entiende la dimensión, entiende el fervor que hemos suscitado: ya discuten en Suecia si aspiras al Nobel de la Paz o al de Literatura, nada mal para nunca haberte leído; ya hay editoriales pujando para traducirte a treinta idiomas, ya se desencadenó el torbellino y serías no sólo tonto, serías irresponsable, si pretendieras frenarlo. Por cinco años firmarás con nosotros, sin que nadie fuera de este cuarto deba saberlo. Todos ya han firmado la confidencialidad más…, digamos, más severa… punitiva, muy punitiva. Todo será sin registros en los móviles. A la antigua. Ningún contacto por internet. Todos los gastos se harán en efectivo. Unos fantasmas al servicio del fantasma mayor, que ya eres tú. Cinco años jugando a ser y no ser. Cinco años con toda la fuerza del sistema, pero como ícono anti-sistema. Cinco años en los que mediremos tus movimientos y apariciones, repartiremos primicias en migajas y pseudo exclusivas, viralizaremos cada paso tuyo, cada renglón que escribas. Haremos que esa hambre de Borya no se sacie, no se extinga: el amor más romántico, no consumar para no consumir. Cinco años al cabo de los cuales serás el dueño del personaje Borya. ¿Quieres apoyo para escribir? Los mejores te apoyarán. ¿Quieres a alguien en especial para tu prólogo? ¿Supe que Coetzee te gusta? Lo buscaremos. ¿Ilustraciones? Tú escoges, lo de Wenders sólo se me ocurrió para generar expectativa en ese momento y por supuesto que no he hablado con él… pero él ya nos habló a nosotros: eres la sociedad perfecta, la más deseada. Cinco años. Mejor oferta no he hecho jamás a nadie: ese que luchaba por los sin-lector, convertido en el más leído; ese que ardía en remordimientos por lo que no pudo o no supo hacer por un refugiado desconocido, con suficiente peso para defender a quien quiera.".

Se llenó lentamente los pulmones de aire, movió su postura en el sillón hasta poder recargar la cabeza en el respaldo y pidió al resto del equipo que participara. Mientras escuchaba una tromba de ideas, algunas muy descabelladas, otras por demás brillantes, Gleb sirvió varias copas de vodka frío y utilizó como portavasos unos libros.

El colofón no podía ser otro. Creo que Pat susurró, como preguntándose: *Save the cat, save Rawah.*

28

El silencio: curiosa manera de pago, curiosa moneda.

Todo es actuación, todo es percepción, todo es decepción. Hasta lo mío. Hasta lo tuyo. Ahora lo sé. Te has cobrado. A tu manera y sin importar quién fueras o lo que no dijeras, te has cobrado completo. Pase lo que pase en medio de este sitio, viva quien viva, muera quien muera, arda lo que tenga que arder y desaparezca la aldea que tenga que desaparecer, me iré sin deudas.

Finalmente, supongo que a eso, a ese irse sin deudas, terminaremos por llamar vida.

Atiende, *cher* Borya, atiende. Ese al que debía pagar, no nos engañemos, ya no está y me ha conmovido tu lucha por encontrarlo. Desde aquí he admirado tus esfuerzos por defender a quienes soñaban con una Europa que no encontraron, a quienes trepados en una madera podrida en el mar, imaginaron que los recibiría un sentido de humanidad que como ellos en el Mediterráneo se desvaneció. Al menos tu compromiso y ejemplo sobreviven a mi *enfant modèle*, a mi añorado Euro-Kafir. ¿No sabes su nombre, verdad? ¿Nunca te lo dije? Llamémosle... ¿Habil? ¿Habib? Lo que mejor funcione para esta narrativa.

Tu compromiso visto como homenaje póstumo a Habil o Habib. Gracias.

He podido saber de tantos que se quieren acreditar ante ti como el verdadero Faisal, que inventan pruebas, que tienen el extraño mérito de fingir una voz jamás escuchada. Pero, aquí el genuino Faisal, tú y yo lo sabemos, la gloria llegó al personaje más discreto; le llegó quizá porque ya no tiene con quién presumirla o compartirla.

Con el ruido que has levantado, si mi hermano viviera ya se hubiera hecho escuchar. Así que me resigno y hasta me alivio: él, ya no está. Rawah, no sé si lo sepas, tampoco. Tío, es extraño, ríe más que nunca, utiliza escombros para construir no sé qué, siempre tiene un proyecto, despierta entusiasmado a diario. Gran ventaja, para él despertar continúa siendo mejor que dormir. Los vecinos que reemplazaron a nuestros vecinos, también se han ido. Siguieron su camino hacia otro pueblo, ya hallarán donde poner su mercado, sus presos, sus futuras cenizas, sus olores y bullicio.

Has guardado esa foto. Yo lo sé, la vi. Has guardado mis mensajes. Los he leído, primero triste en decepción, luego orgulloso. Todo de ti se sabe. Hasta aquí se sabe y si aquí se sabe es porque en todo sitio se sabe.

Gracias a ti, por ti, para ti, he vuelto a escribir. Mi hija, esa niña de jazmín, me ha obligado. Por ti, no engraparé más en óxido mis páginas. Por ti, despierto a una nueva vida, con un nuevo nombre. ¿Atiendes?

Dignidad de dignidades, no todo es dignidad. Antes, *cher* Borya, sólo antes, la sobrevivencia, la urgencia de ver en paz a quienes amamos.

¿Buscabas en mí a un personaje? La obra se burla del autor antes que de su protagonista: en personaje de mi obra te has convertido, en personaje de una farsa también.

29

La incomodidad de no entender. El entender sin captar palabra.

Algo así debía decirme, de menos a más en la amargura del semblante, torrente de desaprobación y violencia gestual. Algo así, aunque quizá otra cosa. Algo parecido, si no es que interpreté mal, que eso siempre es posible y más cuando se desconoce el idioma. Algo así, desde las instrucciones iniciales que eran recatadas, hasta las últimas tan agresivas.

Yo, inútil y frustrado aprendiz de ruso, sostenía el lápiz con mi trémula mano derecha y posaba la izquierda bajo la nariz, buscando en el olor alguna pista que me indultara. Al tiempo, el despiadado maestro —jamás supe padre de quién, llegados a este punto supongo que eso lo desconoceremos por siempre—, no hacía nada por moderar los vocablos eslavos de reproche.

El maestro de pintura convertido en maestro de ruso, discutía con Gleb sobre mi lentitud para aprender, se ponía nervioso, aseguraba que no lograría tenerme listo para la fecha, maldecía la hora en que aceptó esta encomienda. Se acordaba de cuando por reclamo de Sherwood, quien ideaba un *reality show* que nunca fue, aceptó capacitar en sólo unas semanas al mayor niño prodigio pintor del siglo.

Con los largos cabellos incapaces de cubrir tanto tramo, siempre con el saco azul que le vi añadirse en Waterloo, me repetía los fonemas con Gleb como testigo permanente: que la E más bien es IE, que la Ë suena IO, que la O se debe decir como A siempre y cuando esa sílaba no se acentúe; que no confundiera la *bl,* una i muy cerrada, con la b, que da fuerza a la consonante y es común como cierre de verbos.

Imposible ser Borya sin hablar como Borya, fue la primera conclusión en la que coincidí con Pat unos días después del encuentro en la suite francesa, cuando el proyecto ya estaba desatado y dábamos forma a la ONG *Remember Habil.* Aprendería ruso, pero también a hablar inglés como ruso.

Mi escaso dominio del idioma serviría también para que me expresara menos, para el imprescindible hermetismo, miente mejor quien menos habla. Idioma a modo de escenografía: lo mínimo necesario para completar el *performance,* para saludar a los aspirantes a escritores que me daban manuscritos, para alguna palabra de aliento a los artistas que rogaban mi opinión, para mis fugaces apariciones en campamentos de refugiados y zonas de conflicto (ya con gafete de Naciones Unidas).

Las declinaciones eran un dolor de cabeza. Si masculino o femenino, si neutro o plural. Si nominativo, genitivo o acusativo. No menos difícil, el entender palabras con un prefijo integrado: По, В, С, На, У, За. Ahí, se alebrestaba el ex maestro de pintura y en una ocasión llegó a romper mis apuntes, devolviéndonos, una vida después, al *Waterloo Bridge…* pero sin Oksana o Roxanna, a quien nunca me atreví a volver a mencionar.

Меня зовут Боря, Я Боря, me pidieron que repitiera: Me llamo Borya. Soy Borya.

El mentor sacaba una serie de matrioshkas, no con poca provocación, y describía en ruso lo que en ellas veía sin que yo captara palabra: colores, posesivos, números, sustantivos en general. Nunca faltaba la de escritores rusos, en la que Brodsky no tenía cuerpo de cerdo; cosa distinta, la de mandatarios y zares sólo llegaba hasta Pedro el Grande, lo que me hacía pensar en mi Iván el Terrible hurtado.

Благодаря тому, что ты читаешь меня, я знаю что я существую, procedimos a memorizar demasiadas palabras en modo Pushkin para decir algo así como: "porque me lees, sé que existo", aunque la idea de fondo era más bien "me lees, luego existo".

Ninguna maravilla de frase, aunque, sabrás *cher Faisal*, tampoco hay algo de excepcional en esta maraña de folios; testimonio del absurdo de esta era, bitácora de un viaje al vacío, quedará enterrada, a salvo de lectores, a salvo de antologistas, a salvo de curiosos, a salvo de infundados mitos y evangelios, para la perpetuidad.

¿Nacionalidad rusa definitiva? Para nada, eso ya cambiará de acuerdo a la moda: por como los estudios de mercado pintan, el próximo año tiendo a ser islandés, hijo de madre birmana o lo que para entonces venda. Bastará una revelación, un desmentido, una presunta filtración, y la opinión pública coreará el nuevo estribillo convencida de la nueva realidad.

Hay historias que sólo son desde el adulterio, así la mía con los libros, así la mía contigo, relación ya imposible desde la sinceridad, desde la legitimidad. Imposibilitado a reconstruir ese pasado reciente, desde Waterloo hasta Bakú, he aceptado que se me invente una historia, que se me invente un futuro.

Sí, peor que la humillación sólo la vergüenza, a menos que como yo, hoy tan tranquilo con mi cuello que gira en todos sus grados, pierdas la vergüenza por completo.

He conseguido tu teléfono. Si aún vives, si aún hay teléfono en lo que fue tu aldea, si aún respondes, me escucharás por primera vez esta tarde. Tengo el dinero listo. Atiende. Últimamente quiero llorar por todo. Quizá si te pagara. ¿Lo entiendes? Aquí, Боря.

Aquí, Borya de Alberto Lati
se terminó de imprimir en noviembre de 2018
en los talleres de
Litográfica Ingramex, S.A. de C.V.
Centeno 162-1, Col. Granjas Esmeralda, C.P. 09810,
Ciudad de México.